KB060749

문학과지성 시인선 543

무슨 심부름을
가는 길이니

김행숙 시집

문학과지성사

문학과지성사에서 펴낸 김행숙의 시집

사춘기(2003)
이별의 능력(2007)
에코의 초상(2014)

문학과지성 시인선 543

무슨 심부름을 가는 길이니

초판 1쇄 발행 2020년 7월 22일
초판 6쇄 발행 2024년 3월 27일

지 은 이 김행숙
펴 낸 이 이광호
주 간 이근혜
편 집 최지인 이민희 조은혜 박선우
펴 낸 곳 ㈜**문학과지성사**
등록번호 제1993-000098호
주 소 04034 서울 마포구 잔다리로7길 18(서교동 377-20)
전 화 02)338-7224
팩 스 02)323-4180(편집) 02)338-7221(영업)
전자우편 moonji@moonji.com
홈페이지 www.moonji.com

ⓒ 김행숙, 2020. Printed in Seoul, Korea

ISBN 978-89-320-3754-7 03810

이 도서의 국립중앙도서관 출판예정도서목록(CIP)은 서지정보유통지원시스템 홈페이지
(http://seoji.nl.go.kr)와 국가자료공동목록시스템(http://www.nl.go.kr/kolisnet)에서
이용하실 수 있습니다. (CIP제어번호: CIP2020028888)

문학과지성 시인선 543

무슨 심부름을 가는 길이니

김행숙

시인의 말

훔친 물건을 돌려주기 위해 다음 날 밤을 기다리는
도둑이 있었다.

저마다
더 깊은 밤이 필요했다.

2020년 여름
김행숙

무슨 심부름을 가는 길이니

차례

시인의 말

해설

1부
기억이 사람을 만들기 시작했다

잃어버린 시간을 찾아서

내 기억이 사람을 만들기 시작했다

나는 무엇으로 구성되어 있는가, 그래서 나는 무엇인가

사람처럼 내 기억이 내 팔을 늘리며 질질 끌고 다녔다, **빠른** 걸음으로 나를 잡아당겼다, 촛불이 바람벽에다 키우는 그림자처럼 기시감이 무섭게 너울거렸다

사람보다 더 큰 사람그림자, 아카시아나무보다 더 큰 아카시아나무그림자

그러나 처음 보는 노인인데…… 힘이 세군, 내 기억이 벌써 노인을 만들었다면 나는 어떻게 되었을까

나는 생각을 할 수 없었다, 생각을 하는 누군가가 나를 돌보고 있었다

기억이 나를 앞지르기 시작했

주어 없는 꿈

어떻게 하면, 당신이 원하는 꿈을 꿀 수 있을까? 물결처럼 베개를 높이고, 낮추고……

나는 당신이 꾸는 꿈을 꾸고 싶다. 밤새 내가 하는 일은 잠든 당신의 얼굴을 뜯어보듯 관찰하며, 파고들듯 탐구하며……

당신이 모르는 당신의 얼굴을…… 파헤치고 싶다.

삶이 우리를 서서히 갈라놓았다면 죽음은 우리를 와락 끌어안을 것이다. 삶이 죽음을 모르는 만큼 죽음도 삶을 모르는 것이다.

어떻게 하면, 단단한 씨앗 속으로 다시 들어가 다시 태어날 수 있을까?

어떻게 하면, 다른 곳에 뿌리를 내릴 수 있을까? 뿌리가 제 꽃을 모르는 만큼 꽃도 제 뿌리를 모르는 것이다. 그것은 별빛이 별빛에 닿듯 까마득히 먼 거리인 것이다.

당신의 가슴에 손을 얹고 느껴보았다. 쿵, 쿵, 쿵, 쿵……

계속, 계속해서 그것은 이쪽으로 다가오는 중이다. 오른발이 없어지는 동안에 왼발이 생기네, 왼발이 없어지는 동안에 오른발이 생기네, 오른발이 없어지는 동안에……

쿵, 쿵, 쿵…… 그것은 폭설처럼 거칠고 깊은 잠에 빠진 어느 마을을 빗장처럼 가로지르며 홀로 걸어가는 복면한 도둑과 같은 것이다. 계속, 계속, 계속해서 그것은 저쪽으로 걸어가는 중이다.

훔친 물건을 되돌려주기 위해 다음 날 밤을 기다리게 될 도둑이 있었을 것이다. 내일은, 내일은……

어떻게 하면, 당신의 담장을 넘어 당신이 원치 않는 꿈을 꿀 수 있을까? 당신의 목구멍을 긁으며 마침내 빠져나오는…… 저 한 자루 과도에서 한 방울, 한 방울 떨어지는 달콤한 액체를 나는 맛보고 싶다.

과연 당신은 그곳에 무슨 열매를 깎아놓았을까. 나는 당신이 꾸는 꿈을 꾸고 싶다.

당신의 꿈속에서 내가 모르는 내 얼굴을…… 죽이고 싶다. 붉은 껍질을, 붉은 껍질을…… 하염없이 떨어뜨리고 싶다.

꿈속에서 나는 늘 진지했다. 꿈속에서 나는 한 번도 농담을 한 적이 없다.

1월 1일

공중으로 날아가는 풍선을 보면 신비롭습니다. 손바닥만 한 고무풍선에 공기를 모으면 점점 부푸는 것, 점점 얇아지는 것…… 꼭 잡고 있던 아이의 손을 놓치면 영영 잃어버리는 것……

추운 겨울밤 손바닥을 오므려서 그렇게 할 수 있다면……

길거리의 가난한 사람들이 지붕 위로 둥둥 떠오를 거예요. 이들은 언젠가부터 마음에 공기가 가득해진 사람들이었어요. 지붕 위에서 수레를 잃은 노점상과 지갑을 잃은 취객이 대화를 나누는 중이에요. 두 사람은 허공에서 잠시 얼어붙은 허깨비 같습니다. "어디로 가야 할지 도무지 발길이 떨어지지 않았습니다." "나는 집으로 가는 길을 모르겠습니다."

"형씨, 혹시 담배 가진 거 있습니까?" 추운 겨울밤 손바닥을 비벼서 불을 피울 수 있다면……

우리는 저마다 기다란 불꽃 같을 거예요. 우리가 감추

는 꼬리처럼 공중으로 날아가는 재를 보면 오늘이 1월 1일 같습니다. 작년 이맘때도 꼭 이랬어요. 그날도 나는 길에서 처음 보는 사람에게 구걸을 했어요. 아침에 본 거울처럼 그가 나를 슬프게 건너다보고 있었어요.

돌 속에 돌이 있고

지구라는 돌은 돌을 가지고 다양한 문화를 만들어왔으며
아름다운 폐허를 만들어왔다.

지금도 돌 속에는 돌을 던지는 사람들이 있고, 돌에 맞아 흘린 피가 밤처럼 어두워지며 시체처럼 굳어가고 있습니다. 어떤 돌의 이름은 화성암, 변성암, 퇴적암, 어떤 돌의 이름은 다이아몬드,

그리고 어떤 돌의 이름은 지구, 또 어떤 돌의 이름은 달, 모래, 석탄, 인간.

돌 속에는 호수가 있고, 호수 둘레를 개와 함께 산책하는 사람이 있고, 호주머니에 자갈을 잔뜩 집어넣고 호수 한가운데로 걸어 들어가는 사람이 있습니다.

세상의 모든 이름이 돌 속에 둥지를 틀고 있습니다. 그러나 바위 속에서도 새는 날아가고 지저귀고…… 발이나 날개로 떠돌아다니는 것들은 달빛 속의 벌레 소리 같고 햇빛 속의 먼지 같습니다.

돌 속에서 나는 손톱을 깨물고 있습니다. 어떤 돌은 길이 되고, 어떤 돌은 무덤이 되고, 어떤 돌은 맷돌이 되어 콩을 갈고, 어떤 돌은 악기가 되어 음악을 만들고, 어떤 돌은…… 영원히 영원히 하얀 파도처럼 부서지고만 있습니다.

어떤 돌의 이름은 차돌, 어떤 돌의 이름은 무른돌, 어떤 돌의 이름은 문학,이라고 썼다가…… 모래의 시처럼 지웠습니다.

두 명의 노인이 흰 돌과 검은 돌을 가지고 내기를 하고 있습니다. 언제부터 그러고 있었는지 모를 일입니다.

어떤 한 문장은 떠돌이의 심장에도 돌처럼 박혀서 죽을 때까지 제 피의 궤도를 벗어날 수 없습니다. 나는 돌멩이를 제기처럼 차올리며 걸어가는 흙길을 좋아했습니다. 아이 때부터 산새처럼 날아다니는 돌들을 흉내 내다가 길을 잃어버리곤 했습니다.

밤의 층계

깊은 밤이란, 빌라 옥상에 세 사람이 달을 보며 서 있는 것이다. 그리고 그중 한 사람은 어둠과 구별되지 않아서 두 사람이 자기들 두 사람뿐이었다고 기억하는 것이다.

한층 더 깊은 밤이란, 칸막이와 칸막이로 이루어진 사무실, 그리고 사무실과 사무실로 이루어진 빌딩이 한 개의 텅 빈 상자가 되는 것이다. 그리고 다른 세계로 사라졌다가…… 돌아오는 마술처럼 거대한 상자의 미로에서 검은 성냥개비 같은 사람이 홀로 걸어 나오는 것이다. 그의 몸을 사납게 물어뜯던 불길은 다 어디로 갔을까?

그리고 가장 깊은 밤이란, 달의 인력이 파도처럼 계단을 공중으로 끌어 올리는 것이다. 그리고 계단에 빠진 사람은 삶의 바닥이 얼마나 깊은지 깨닫고 커다란 충격에 휩싸이는 것이다.

덜 빚어진 항아리

나는 너를 항아리 만드는 사람으로 키운 줄 알았더니, 너는 항아리 깨뜨리는 사람이 되었구나. 항아리를 빚는다는 것은 안과 밖을 만드는 일이다. 밖이 있어야 안이 생긴다. 안이 있어야 밖으로 나갈 수 있다. 나의 항아리는 밖으로 아름다움을 드러내고 안으로 비밀을 보존한다. 이대로 영원히 멈췄으면, 기도하게 되는 순간이 있다. 그것이 나의 항아리의 형식을 결정한다.

항아리는 혼돈입니다. 안인 줄 알았더니 밖에 버려져 있더군요. 그래서 밖이구나, 했는데 안에 갇혀서 삼 일 밤낮을 울었단 말입니다. 잘 빚어진 항아리*나 덜 빚어진 항아리나 깨지기 쉬운 건 똑같고, 깨지면 환상이 깨지듯 순식간에 항아리는 사라져버려요. 항아리를 만들어야 항아리를 깨뜨릴 수 있습니다. 태어나야 죽을 수 있습니다. 가마에 불을 지피며 죽음을, 다가오는 죽음을 뜨겁게 묵상합니다. 선생님은 죽음의 꽃잎들 속에 있지 않습니까?

나는 나의 항아리를 깨뜨리려고 너를 키웠구나. 너는 도끼를 들고 글을 쓰는 거냐? 손목은 도끼를 들어 올리려 하는데 도끼가 손목을 부러뜨리는구나. 어리석은 자여, 네가 감당할 수 있는 무기가 아니라면 무기가 너를 사용할 것이다. 말하라, 내가 누구냐? 내가 누군 줄 알아야 네가 누군지 알지 않겠느냐.

선생님이 항아리를 만들면 나는 항아리를 깨겠습니다. 어떤 항아리에는 술이 익어가고, 어떤 항아리에는 시체가 구겨져 있어요. 어떤 항아리에서는 뱀이 기어 나오고, 어떤 항아리 속에는 총 한 자루가 끈적이는 침묵에 빠져 있습니다. 우리는 언제나 망설이고 있었습니다. 항아리에 손을 넣는 것이 두렵습니다. 항아리에서 손을 빼는 것이 더 두렵습니다. 선생님의 손은 어디에 있습니까? 선생님은 선생님의 말을 이해 못 하고, 나는 나의 말을 이해 못 합니다. 어느덧 누가 누구의 말을 하는지, 누가 밖에 있고, 누가 안에 있는지 모르게 되었습니다.

그러나 너는 한 개의 항아리도 완성 못 하지 않았느냐. 한 번만 더 묻자. 너는 누구냐? 네가 누군 줄 안다면, 내가 누군지 알 수 있지 않겠느냐.

＊ 클리언스 브룩스, 『잘 빚어진 항아리』, 이경수 옮김, 문예출판사, 1997.

의식의 흐름을 따르며

네가 나를 찾아서 돌아다니는 장소들이 궁금해.

너는 어디에 있는 나를 기억할까.

너의 상상력은 나를 어디까지, 어디까지 데려갈 수 있을까.

나를 상상하는 너를 상상하면 나는 네 주위를 하염없이 맴돌 수 있을까. 너를 상상하는 나를 상상하면 너는 내 품으로 걸어 들어올 수 있을까.

너는 나를 물끄러미 들여다본 적이 있었다, 한참을. 그리고 모르는 사람이라고 중얼거렸지.

미안합니다, 너는 사람을 잘못 봤다고 몹시 부끄러워했어.

내가 사람 모양을 하고 있구나, 그때 나는 생각했지.

너는 왜 부끄러울까.

그때 너는 다른 시간 속으로 후다닥 뛰어갔다.

그때 나는 너의 등 뒤에서 비처럼 쏟아졌다.

내가 비 모양을 하고 있구나, 그런데 내 모습이 그렇게 변할 걸 사람들은 어떻게 알았을까.

기다렸다는 듯이 사람들의 머리 위로 검은 우산이 둥실둥실 떠다니기 시작했어.

사람들은 거의 젖지 않았어.

그리고 너는 그날 우산도 없이 빗속에서 나를 찾으러 어딜 그렇게 그렇게 쏘다녔을까.

커피와 우산

"우산을 두고 갔네. 걘 늘 정신이 없지. 그 대신 매일같이 체중계에 올라가 진지한 표정으로 제 무게를 달아본다고 해. 조금 빠지고 조금 쪘다고 해도 살이야말로 존재의 확고한 고정점이지." 그래서 우린 살을 꼬집어보곤 하잖아.

"내게 「커피와 담배」는 진정한 옛날 영화야. 꽤 유명한 배우들이 여럿 카메오로 출현했었지. 아는 얼굴이 잠깐씩 비춰지는 거야. 그러면 모든 게 우연처럼 느껴져. 커피한 잔, 담배 두 개비면 뭐든 충분했다는 기분이 들지. 우리가 카페에서 담배를 피우던 시절은 이제 전생이 되어버렸어." 그러니까 향수란 것은 유령의 감정과 비슷할지도 모르겠어.

이런 비닐우산은 투명하고 가벼워 유령의 손에 쥐여주면 딱 좋을 것 같다. 유령도 비에 젖을 때가 있겠지. "우산은 커피 한 잔 값이면 살 수 있어. 그 돈으로 담배 한 갑을 살 수도 있지. 우산과 커피와 담배는 모두 비와 썩 잘 어울린단 말이야."

"그렇다면, 길 건너 편의점에 이 커피를 들고 가서 우산으로 바꿔 올 수 있는 사람, 있어? 우산을 물고, 빨고, 태워, 연기로 날려버릴 수 있는 사람, 여기, 누구, 있어? 그럴 수 없다면, 우산과 커피와 담배의 값이 같다는 게 무슨 소용이람. 결국 우리는 하나밖에 선택할 수 없는 거야." 하나를 가지기 위해 내가 포기한 것들을 말해줄까? 그것이 바로 이 세상이라네.

　이 카페로 걔가 다시 돌아왔다. 우산을 찾기 위해 너는 뭘 잃어버렸니? 누구에게 버림받고 비닐우산 하나를 지키려는 거니? "오늘은 정말이지 비를 맞고 싶지 않아. 비를 맞으면 죽고 싶을 거야." 비는 아까 그쳤어. 그렇지만 금방이라도 빗방울이 떨어질 것 같다, 그치? 하늘빛, 너의 얼굴빛······

우산과 담배

그때 태풍은 노인이 되어 서울 상공을 지나가고 있었대
북쪽으로 가는 길이랬어
그때 너는 하늘을 올려다보고 있었으니 그 백발노인을
정말 봤을 수도 있겠다
우리의 머리 위엔 늘 무언가가 있었지
모자, 우산, 잿빛 구름, 성당 지붕, 해변의 파라솔, 별빛
이 쏟아지는 밤하늘…… 그리고 언제나 시간이 흘러가고
있어
언젠가 네가 깔깔깔 웃었을 때, 오로지 웃음소리만으
로 허파를 가득 채웠을 때
모자도 웃음소리처럼 가볍게 날아올랐다가 팽그르르
떨어져
우연히 내가 지나가다가 네 모자를 주웠을 때
내가 처음으로 너에게 말을 걸었을 때
언젠가, 언젠가, 그렇게 시작하는 이야기는 과거에서
달려오는 시간의 빛 같아
모자와 우산은 누구에게나 잃어버리기 좋은 것들이지
구름도 잃어버리기 좋아서
담배를 태우다가 문득 하늘을 올려다보면 구름 한 점

없이 맑은 하늘이 펼쳐져 있는 것이다

　그러면 뭔가 다른 이야기를 하고 싶어지지

　언젠가, 언젠가, 그렇게 시작하는 이야기가 미래의 빛을 비추고 내가 아침의 나귀처럼 그 빛에 매여 따라가면 마침내 내가 없는 세계에 당도하게 되는 거야

　15년 후에 내가 잃어버리는 우산을 주워서 잘 쓰고 있는 알뜰한 사람이 살아가는 곳

　언젠가처럼 비가 촉촉이 내리고

　언젠가처럼 너의 검은 우산 아래에서는 담배 연기가 천천히 퍼져나가고 있어

담배와 콩트

　네가 가지고 다니는 칼의 길이처럼 짧은 이야기, 느긋하게 담배 한 대를 태우면 다시는 불이 될 수 없는 재로 남는 이야기를 해줄게. 오늘같이 비가 내리는 날, 오늘같이 혼자 중얼거리기 좋은 날이었는데 말이야.

　흐린 물 위에 떨어진 나뭇잎 한 장처럼 우산 하나가 공중에 둥실 떠 있었어. 그것은 마치 허공에 그려진 물음표 같았단 말이지. 수면 아래가 보이지 않듯이 우산을 받치고 있는 사람은 보이지 않았어. 어, 어, 어젯밤 물에 빠져 죽은 사람인가?
　나는 담배를 비벼 끄듯이 눈을 비볐어. 그런다고 낡은 눈을 죽이고 새로운 눈을 얻을 수 있는 건 아니지만. 두 개의 눈동자가 허공의 어디쯤에서 갈라진 두 개의 나뭇가지처럼 서로 다른 곳을 찌르고 있었어.
　처음에 나는 저 헛것을 무찔러야 한다고 생각했지. 내 눈빛이 나를 일깨우는 섬뜩한 아이디어처럼 번쩍였겠지. *내가 보는 저 우산은 내가 만들어낸 것이다. 나는 유령의 손에서 저 우산을 뺏어서 내동댕이칠 것이다. 유령을 앞세우고 이 세상을 살아갈 순 없는 것이다. 나는 걸*

26

음을 재촉했지. 거의 뛰다시피 했어. 마침내 우산 속으로 뛰어든 순간, 나는 꿈속으로 뛰어든 사람처럼 가벼워 물 방울처럼 튕겨졌어. 오, 세상에나, 하나도 아프지 않았어. 그 순간 허공에 거꾸로 꽂혀 있던 우산대가 약간 흔들렸던가. 내 몸을 받아낸 이는 노인이었어. 그 순간 그가 몸을 조금 떨었던 것 같은데 그뿐이었지, 노인에게 떨림이란 잔기침 같은 것, 헛기침 같은 것. 그에겐 걸을 힘이 있고, 그리고 이 거리를 지나가는 사람들한테선 온통 퀴퀴한 냄새, 거칠고 쓸쓸한 기운이 뿜어져 나왔어. 힘센 사람들아, 힘센 사람들아, 아아아 아직 몸에 힘이 남아 있는 사람아, 한 사람도 불러 세우지 못하는 이 목소리는 어쩐지 슬픈 것 같군. 나는 중얼거리다가 담배꽁초처럼 불이 꺼졌지.

동시에 나는 다른 꿈을 꾸고 있었어. 한쪽 눈을 뜨고 한쪽 눈을 감은 것처럼, 그러니까 사랑스러운 존재에게 보내는 윙크처럼 말이야. *나는 저 헛것을 지켜주고 싶다. 저 헛것의 둘레에서 울타리처럼 두 팔을 벌리고 서 있고 싶다. 마침내 저 앞에서 연인이 나를 향해 달려오고 있어서 둥글게 팔을 벌리고 서 있고 싶다. 생각만으로 행복해*

지기도 하는군, 나는 중얼거리고 있었는데 놀랍게도 저 우산이 달과 구름과 개의 걸음걸이로 내 쪽으로 다가오는 것이었어. 우산 아래가 텅 비어 있다는 게 정말 가슴이 미어지도록 아프더군. 아아아 만질 수 없는 것을 사랑하게 되었으니 이제 나는 사랑하는 것을 만질 수 없구나. 우산이 나를, 네가 나를 지나가고 있어. 우리가 함께 우산 아래 머물 수 있는 시간이 이토록 짧으니, 멈추어라, 시간아.* 우산이 나를 유령처럼 지나쳐…… 아아아 너는 내 존재를 알아채지도 못하는구나. 뒤를 돌아보면, 너는 우산을 받쳐 들고 저만치 걸어가고 있다. 개 한 마리가 비를 맞으며 따라가고 있다. 목줄은 느슨하고, 나는 그것을 어딘가에서 잃어버렸어. 전부 다 잃어버렸어. 너는 검은 바위 같은 배낭을 메고 걸어가다가 휘파람을 불듯이 획, 담배꽁초를 날린다. 순간아,* 너는 반딧불이처럼 아직 꺼지지 않은 담뱃불이 허공에서 깜박이는 것 같구나.

---

* "멈추어라, 순간아! 너는 너무나 아름답구나"(요한 볼프강 폰 괴테, 『파우스트』).

28

고도의 중얼거림

그들은 내가 잠에서 깨길 기다리고 있지만
기다리게 할 거야

드디어 내가 잠에서 깨면 그들은 내가 잠들길 기다리고 있어
그래서 또 기다리게 했지

그래서 그들은 밤낮 기다리지
기다림은 길어지는 것
죽음처럼 알아볼 수 없는 것
그래서 나는 한 번도 고도인 적이 없는 것 같아

그래서 나도 그들과 같이 고도를 기다리고 있지
사실 이것은 아주 오래된 나의 일과였어

일순간

우주처럼 고요해진 사무실이다. 일순간 칸막이 책상에 한 개씩의 검은 머리를 떨어뜨리고, 사무원들은 몸에 마비가 찾아온 것처럼 보인다. 불시에 기억상실, 심장발작, 뇌출혈, 풍이 찾아온 몸 같은

그들은 영원히 알지 못할지니, 수의처럼 그들을 덮고 있는 빛을…… 매트릭스처럼 빛 속에서 초록빛 숫자들이 하염없이 떨어져 내리는 것을……

이 정적은 그들이 한 번만 눈을 깜빡이면 얇은 얼음장처럼 깨질 것이다. 그렇다, 그것은 얇은 것이다. 한 번만한 번만 눈을 깜박일 수 있다면…… 삶은 깊은 것, 그렇다, 우리는 삶에 깊이 빠질 것이다. 우리는 습관에 완전히 젖을 것이다.

그렇다, 우리는 즉각 계산을 속개해야 한다. 저 벽시계안의 초침처럼 계산을 계산을 계속해야 한다. 손가락을 까딱까딱하자, 발밑에 얼음이 시시각각 깨지고, 하얀 면사포 같은 한낮의 꿈을 열어젖히며 너는 벌떡, 그들과 함

께 의자에서 일어난다. 그 무엇이 우리를 놀래켰는가. 두
리번거리자 사방에서, 세계 각국에서 전화벨이 무섭게
울리기 시작한다.

낮부터 아침까지

낮에는 그 해변에 바람이 많이 불어서 모래 알갱이가 자꾸 눈에 들어갔습니다. 낮에 내 눈은 점점 빨개졌습니다. 타는 눈동자, 깨진 무릎, 혓바늘, 코피, 벽돌, 깃발, 무쇠솥 등등이 모두 붉었고, 붉은 것들이 낮을 데웠습니다. 밤에도 열에 들떠서 나는 낮에 하던 생각을 멈출 수 없었습니다.

낮의 해변으로부터 계속 그 길인 줄 알고 밤의 바다로 걸어 들어갔습니다. 찬물이 밤이었습니다. 물질적 변용이 밤의 성질이었습니다. 한 걸음, 한 걸음, 점점 깊어지는 것이 밤이었습니다. 어느덧 깊이를 모르겠는 것이 밤이었습니다. 아아, 내게서 길이 사라집니까…… 길에서 내가 사라집니까……

노래를 부르는 그 입술은 누구의 것입니까? 나는 당신의 노래를 따라 부르며 무한히 좋았습니다. 그 입술에 드디어 나는 닿을 듯, 닿을 듯한데, 한 번만, 한 번만, 이 어두운 눈을 등잔처럼 밝혀주세요. 당신을 보고 싶어요. 나는 당신을 비추는 전신 거울처럼 서 있겠어요. 제발 눈을,

눈을, 좀 뜨세요. 내가 호소하면, 당신은 모든 것을 빨아들이고 영원히 뱉지 않는 검은 귀.

어느 별이 우주의 검은 귀가 됩니까? 나는 잊고 나는 잊힙니다. 당신은 잊고 당신은 잊힙니다. 나는 당신의 무덤에서 잘 자고, 당신은 내 무덤에서 잘 잡니다. 잠에서 덜 깼을 땐 그곳에 남아 있는 내가 느껴졌어요. 아침에 일어나면서 나는 당신을 팔아넘겼고, 당신은 나를 다 팔아치웠어요.

요즘 도시 아이들은 구멍가게라는 단어를 모르고 자라지만 걔들도 크면 저마다의 구멍가게를 가슴에 품겠지요. 그러려고 아침밥도 먹지 않고 부리나케 학교로 가는 거겠죠. 늦었어. 죽었어. 망했어. 아침에 아이가 남기고 간 말입니다. 그것은 다 내가 했던 말입니다. 아아, 다 감긴 테이프처럼 똑같은 노랫말로 되돌아오는 것이 정녕 아침의 속성이란 말입니까?

겨울–나무로부터 봄–나무에로*

무덤을 안은 듯이 목소리가 나오지 않는다. 나는 죽은 사람 비슷하다.

목소리는 나를 떠나 정처 없이 떠돌아다니고 있다. 도처에서 내 목소리를 들었다는 증언이 쏟아졌다. 언젠가는 잃어버린 목소리를 찾아 헤매다가 내 목소리와 똑같은 목소리를 직접 들은 적도 있다. 나는 나를 쫓아갔지만 목소리는 점점 더 멀어져갔다.

또 무서운 꿈을 꿨구나, 어린 시절에 엄마는 나의 혼란을 그렇게 정리해주었다.

꿈이면 무서워도 괜찮고, 아파도 괜찮고, 죽어도 괜찮고, 죽여도 괜찮은 것일까. 그래서 인생을 꿈같다고 말할 때 두 눈을 껌벅이는 것일까. 인생이 꿈같으면 죽었다가 살아나고 죽었다가 살아나고…… 진짜처럼 죽었다가 또 거짓말처럼 살아나기를 얼마나 되풀이하게 되는 걸까. 이것이 대체 몇 번째 겨울나무란 말이냐. 분명히 꿈에서 비명을 질렀는데 일어나보면 현실에서 비명을 지르고 있었다.

　나는 지금 몇 번째 봄나무를 기다리고 있는 걸까. 한
그루 겨울나무를 알몸처럼 껴안고 있다. 펄펄 흰 눈이 내
리고…… 설령 여기서 내가 잠이 든대도 이것은 꿈같지
않다.

　* 황지우, 「겨울-나무로부터 봄-나무에로」.

유리의 존재

유리창에 손바닥을 대고 통과할 수 없는 것을 만지면 서…… 비로소 나는 꿈을 깰 수 있을 것 같다. 그러니까 보이지 않는 벽이란 유리의 계략이었던 것이다.

그래서 넘어지면 깨졌던 것이다. 그래서 너를 안으면 피가 났던 것이다.

유리창에서 손바닥을 떼면서…… 생각했다. 만질 수 없는 것들로 이루어진 세상을 검은 눈동자처럼 맑게 바라본다는 것, 그것은 죽은 사람이 산 사람을 보는 것과 같지 않을까. 유리는 어떤 경우에도 표정을 짓지 않는다. 유리에 남은 손자국은 유리의 것이 아니다.

유리에 남은 흐릿한 입김은 곧 사라지고 말 것이다. 제 발 내게 돌을 던져줘. 안 그러면 내가 돌을 던지고 말 거 야. 나는 곧, 곧, 무슨 일이든 저지르고야 말 것 같다. 나 는 오늘에야 비로소 죽음처럼 항상 껴입고 있는 유리의 존재를 느낀 것이다.

믿을 수 없이, 유리를 통과하여 햇빛이 쏟아져 들어왔
다. 창밖에 네가 서 있었다. 그러나 네가 햇빛처럼 비치면
언제나 창밖에 내가 서 있는 것이다.

우리가 볼 수 있는 것

하염없이 승강장 벤치에 앉아 있다. 스크린도어에 비친 내 얼굴이 터널 속에서 어른거렸다. 떠나지 못하고 같은 곳을 맴도는 지하철의 유령들과 섞여 있었다.

밖에서 당신을 봤어. 어젯밤 남편이 말했다. 제발 아무 데서나 불행한 여자처럼 넋 놓고 앉아 있지 마. 그는 수치심을 느낀 것처럼 보였다.

안내 방송이 흘러나온다. 승강장 안으로 열차가 들어오고 있으니 승객 여러분께서는 노란 안전선 밖으로 한 걸음,

한 걸음 물러섰으면 좋겠다. 내가 당신을 조금 더 모르고, 당신이 나를 조금 더 모르면, 우리는 어쩌면 조금 더 좋은 사이일지 모르고

정전이 돼도 지하철은 환하다. 한낮의 수면내시경 검사처럼 열차가 유령들을 관통했을까. 안개가 걷히는 하늘처럼 유령들이 열차를 통과했을까. 스크린도어에는 피

한 방울 튀지 않았다. 스크린도어가 열린다.

　나는 내가 볼 수 있는 것을 본다. 열차에서 내리는 사람들의 앞면과 열차에 올라타는 사람들의 뒷면. 나는 내가 볼 수 없는 것을 보지 않는다. 열차에서 내리는 사람들의 뒷면과 열차에 올라타는 사람들의 앞면.

　그리고 나는 당신을 보지 못한다.

체크아웃

아무 해도 끼치지 않으려고 노력하는 유령이 다녀간 것처럼 침대보를 정리하고 마룻바닥을 쓸고 거울에서 안개와 물방울을 걷어내고 있다. 11시까지 나는 나를 말끔히 지워야 한다. 오늘 저녁 나는 나를 다른 도시로 옮겨다 놓을 것이다. 햇빛 속에 머리카락을 집어 올리면서 "내 머리카락은……

이런 세상에, 내 머리카락이 아닌 것 같구나." 나는 혼자서 놀라는 사람이 되어 서 있는 것이다. 그 꼴은 아무도 보지 못하는 유령을 본 사람처럼 보인다. 죽은 사람의 이야기는 기억하면 모두 유언처럼 무거워지는 법, 함부로 기억하지 마라. 그러나 너도 들어봤을 거야. 그날도 여행자는 낯선 마을에서 하룻밤 묵게 되었는데 아침에 일어나보니 불꽃이 재가 되듯 폭삭 늙어버렸더라는 황당한 이야기. 그러나 얘야, 그것은 내 이야기야. 노인들은 말했지, 그러니 이보시게, 부디 여행을 조심하시게.

누구에게나 그런 아침이 있는 것이다. 노인의 목소리가 폐에 깃들고 노인의 얼굴이 맑은 거울 속으로 찾아오는 아침. 나는 입꼬리를 올려 웃는 표정을 만든다. 게스트하우스에서 자연스러운 일은 별로 없지. 아침에는 커튼을 젖히면서 의식했지, 아, 내가 이곳에서 커튼을 걷고 있구나. 창문이 생기는 순간에 나는 내가 다른 사람의 움직임처럼 똑똑히 보였다.

기억해라, 11시까지 나는 없는 사람이 되기로 약속했다. 그러나 기억하면 모두가 내게 이상한 노인의 말투로 말을 거는 지금 시각은, 오전 10시 55분

굴뚝청소부가 왔다

"우리 집엔 굴뚝이 없는데……"

그렇지만 당신 얼굴에는 그을음이 잔뜩 묻어 있고, 당신은 타다 남은 나무 같고, 당신한테서는 매캐한 냄새가 나. 굴뚝청소부에겐 유명한 이야기가 있지. 굴뚝을 청소하고 지상으로 내려온 한 천사의 얼굴은 까맸고 다른 천사의 얼굴은 여전히 희멀건했다지. 세수를 하러 우물가로 달려간 건 하얀 얼굴을 한 천사라는 이야기. 굴뚝청소를 열심히 했던 천사는 얼굴에 검은 미소를 띠고 또 굴뚝청소를 하러 떠났다는 이야기. 그렇게 하여 이 검은 천사는 우주의 흑점이 되었다는 이야기. 이 이야기는 일단 두 명이 서로의 얼굴을 마주 봐야 가능해. 그러니 우리도 이제 이야기를 좀 해보자고.

"유대인들의 격언 중엔 밀가루장수와 굴뚝청소부가 싸움을 하면 밀가루장수는 검어지고 굴뚝청소부는 하얘진다는 말도 있어. 그래서 싸우라는 건가? 그래서 싸우지 말라는 건가?"

당신 좋을 대로.

"한바탕 몸싸움을 벌였던 밀가루장수와 굴뚝청소부가 화해의 악수를 나눴다면 최종적으로 검은 손은 누구의 것이고 하얀 손은 누구의 것일까?"

그 후에 여차여차하여 밀가루장수와 굴뚝청소부는 사랑에 빠지게 되었고 한동안 둘은 밀가루와 재로 쓴 사랑의 편지를 교환했다는 이야기도 있어. 이야기는 이야기를 낳고 꿈은 꿈을 낳지. 꿈에서 꿈을 꾸느니 차라리 굴뚝청소나 같이 하는 게 어때? 걸어다니는 굴뚝 같은 양반, 네 자신을 알라, 그런 현자의 말을 새겨놓은 현관 기둥에 대해 들어봤나. 당신의 집은 불과 연기와 기침으로 이루어졌어. 연기는 눈에 보이는 것이 눈에 보이지 않는 것이 되겠다는 몸짓이야. 그것은 더없이 아름다운 동작이야. 난 말이지, 일을 마치고 나와 정원에 잠시 멈춰 서서 당신 지붕의 굴뚝으로 빠져나가는 연기를 넋 놓고 바라보는 그 순간을 정말 좋아했어. 이 세상의 모든 연기에는 슬픔의 정조가 어리지만 그건 당신이 춥지 않다는 뜻이라고 짐작했어. 그렇지만 당신은 우물을 메우듯이 굴뚝을 메웠군. 어찌 되었든 이제 굴뚝을 찾았으니 무슨 수가 있겠지.

"어젯밤 나는 술주정뱅이들이 하염없이 지껄이는 이야기를 듣다가 검은 술독에 묻히듯 잠이 들었네. 알코올중독치료소 뒤뜰에는 어렸을 때 마른 우물에 빠진 적이 있었다는 어떤 사내와 술병을 들고 굴뚝에 올랐다가 다리가 부러진 적이 있었다는 전직 굴뚝청소부가 한 세트처럼 붙어 앉아 덜덜 손을 떨며 얘기하고, 얘기하고, 또 얘기하고 있어.* 멈추지 마, 어린 시절의 깊은 우물에서 기어 올라온 소년들은 지금도 이렇게 외치고 있어."

멈추지 마, 그건 당신이 당신에게 하는 말이잖아. 이야기는 이야기와 섞이고, 이야기 속으로 깊이 들어가면 불이 붙고, 불이 태우는 것들을 가만히 보고 있으면 이제 끝까지 갈 수밖에 없다는 걸 알게 돼. 그런데 문밖에는 벌써 굴뚝청소부가 이렇게 와 있단 말이지.

열대야

한밤중에 지구는 미끄러워지는 것 같습니다

지구의 중력은 썰매처럼 차들을 끌고 어디론가 마구마구 달아나는 것 같습니다

술과 침에 젖은 승객은 3일 중에 가장 깊은 잠에 빠지고

검은 선글라스를 낀 기사는 앞만 보고 있습니다

앞에 뭐가 있길래?

밤 속의 밤 속의 밤 속의 밤에?

땀을 뻘뻘 흘리며 자다가 일어나서 베란다로 나왔습니다

나는 어떤 생물인가? 방충망 앞에서 독백을 시작하는 나는

방충망의 구멍들에 대해 생각하기 시작하는 나는

날아가지 못하는 나는

작은 구멍을 들락날락하는 날벌레들에 대해

꾹 닫은 입에 대해

곡기를 끊고

7일 후 공기를 끊은 입에 대해

너는 중요한 것을 택시에 두고 내릴 거야

다음 날 알게 되는 것들에 대해 중얼거리기 시작했습

니다 이미 시작되었다고 중얼거리기……

　끓어오르기……

마지막 여관

조금 전에 키를 반납하고 떠나는 손님을 봤는데 분명히, 당신은 그 손님과 짧은 작별인사까지 나눴는데

당신은 빈방이 없다고 말합니다. 오늘은 더 이상 빈방이 생기지 않는다는 것이었습니다. 당신의 말은 이상하게 들립니다. 당신은 기껏해야 작은 여관의 문지기일 뿐인데, 세계의 주인장처럼 당신의 말은 몇 겹의 메아리를 두르고 파문처럼 퍼져나가는 것이었습니다.

그런 동심원 가운데 서 있으면 나도 나를 쫓아낼 것 같습니다. 그러면 한겨울 산속에서 길을 잃은 나무꾼 이야기 같은 게 자꾸 생각나고, 이야기는 이야기일 뿐인데, 왜 그런 이야기를 듣고 자랐을까? 왜 그런 이야기만 기억날까? 왜 그런 이야기에 도시빈민 출신의 내가 나오는 것일까?

깊은 산속에서 나는 간신히 여관 하나를 찾아냈습니다. 여관도 쓰러질 것 같고, 나도 쓰러질 것 같지만, 이런 산속에 여관이 있다니, 세상에 죽으라는 법은 없구나! 감

사합니다.

그러나 우리는 이 이야기를 알고 있습니다. 여관은 귀신의 집이었습니다. 산 사람은 손님이 될 수 없다고 합니다. 나는 숨을 쉬지 않고도 말할 수 있어요. 실로 나는 산 사람이 아니요, 유령 같은 존재올시다.

죽은 사람 흉내 내는 것들은 이제 아주 지긋지긋하다고 당신이 치를 떨었습니다. 당신의 말은 이상하게 들립니다. 두 번 다시 시체 따위 치우고 싶지 않다고 말하는 것이었습니다. 여기서 내가 잠들면 죽게 돼 있다고 마치 당신은 나의 운명을 일러주는 것 같았습니다.

잠만 자겠습니다. 나는 시퍼런 입술을 벌렸지만, 내게도 얼음 같은 내 목소리가 잘 들리지 않았습니다.

2부
바보의 말을 탐구해보자

변신

카프카의 「변신」보다 더 자전적인 소설을 쓴 사람은 없다.
— 조너선 프랜즌

카프카는 아침에 벌레가 되어 깨어난 남자 이야기를 두 개의 버전으로 썼다. 훗날 그 하나는 전 세계에 널리 알려지지만, 작가의 말에 의하면 이것은 완벽한 변신 이야기가 아니었다. 그의 불만은 다음과 같은 것이었다.

변신 도중에 깨어난 듯 벌레와 그레고르 잠자는 어딘가 닮은 점이 있었다는 것이다. 벌레에게 남겨진 인간의 흔적은 무엇이었을까. 그 아버지, 그 어머니, 그 여동생은 왜 난생처음 본 벌레를 감춰야 할 가족의 수치스러운 부분으로 기억했을까. 어째서 벌레는 그레고르 잠자의 인생으로부터 완벽하게 탈출할 수 없었을까. 다른 곳에서 다른 존재로 다른 삶을 살길 소망했으나, 변신의 결과, 여전히 그레고르 잠자의 영혼에 갇힌 채, 같은 집에서, 같은 사람들에게, 상처받고 상처받았다면 이것은 그레고르 잠자의 실패인가,

벌레의 굴욕인가, 밟아도 꿈틀거리며 일어나는 휴머니즘의 진부한 레퍼토리인가. 벌레로서의 벌레는 대체 어

디로 가버렸단 말인가. 55킬로그램의 인간* 그레고르 잠자는 왜소했으나, 55킬로그램의 뼈와 살과 피의 새로운 조합으로 탄생한 이 거대한 벌레 앞에서라면 누구든지 경악의 외마디와 함께 뒷걸음질을 치다가 엉덩방아를 찧게 된다. 다시 말해 그 누구든지 우스꽝스러워지는 것이다. 당신은 지금 막 외계의 생명체를 본 것이다. 당신은 온 우주에 뉴스를 전파하고 싶지만, 공포와 흥분으로 전신이 떨리고 특히 턱이 빠질 듯이 달달달달 떨리게 된다.

나는 완벽한 벌레의 꿈이다.

예로부터 인간은 인간만큼 큰 물고기를 잡는 어부가 되고 싶어 했지만, 인간 덩치와 맞먹는 크기의 벌레와 맞닥뜨리는 순간을 상상하면 진저리를 쳤다. 당신은 고래를 꿈꾸었으나 나는 벌레를 꿈꾸며…… 잠들곤 했을 뿐이다.

어느 날 아침 나는 벌레로 깨어났다. 몸에 꼭 맞는 벌레여서 더 이상 외롭지 않았다. 몸을 쭉 펴면 2미터는 되는 것 같다. 이제 슬슬 움직여볼까, 벌레의 동작이 시작되자 잠들어 있던 벌레로서의 관능이 깨어났다. 벌레는 벌레다, 동어반복 속에 깃들어 있는 기적 같은 기쁨은 순

수하다. 나는 고약한 인간 냄새에 찌든 침대에서 기어 내려와 바닥과 사면의 벽과 천장으로 이루어진 이 단순한 조형공간을 새롭게 탐사하기 시작했다. 이윽고 다른 별에 도착한 것이다. 내게 작용하는 중력이 바뀌었다. 창문에 얼비치는 나의 실루엣은 흡사 안개와 빛과 수수께끼로 이루어진 것 같지 않은가. 보고 있으면 신비롭기 그지없었다.

내게 다른 세계가 열렸다.

그리고 얼마 후, 밖으로부터 철컥, 방문이 열렸다. 그 순간에 생긴 동그란 손잡이의 변화를 나는 놓치지 않고 노려봤다. 나는 점점 더 민감해지고 더 민첩해진다. "어머니, 오빠가 안 보여요, 드디어 집을 나간 걸까요? 어머니, 나도 가출하고 싶어요, 아버지란 작자는 잠만 자고 어머니는 밤낮 걱정만 하잖아아……"

왜 저렇게 커다랗게 소리를 질러대는 걸까. 마디마디 침묵으로 이어진 벌레는 오로지 벌레로서의 출현만으로 저들을 내쫓을 수 있다. 목자가 사막에서 이적을 행하듯 나는 천장에서 풀썩 떨어져 그녀 앞에 모습을 드러냈다. 나를 보자마자 놀라서, 놀라서, 머릿속이 백지처럼 하얘지고 머리카락까지 새하얘져서 부리나케 꽁무니를 빼고 있지 않은가. 그 여동생, 그 어머니, 그 아버지의 순으로. 벌레에게 웃음소리가 없다고 웃음도 없을 거라고 생각하지 마라.

집 밖으로 쫓겨난 세 사람은 이제 전생의 망각 아래 모여 있다. 나의 전생은 저들처럼 두려움과 추위에 포위되어 옴짝달싹할 수 없었다. 그러나 인간은 희망에 기꺼이 고문을 당하는 동물이다. 저들은 작전 회의를 연다. "우리가 벌레를 고립시켰어. 벌레가 굶어 죽을 때까지 우리는 오늘의 이 가혹한 시련과 배고픔을 견뎌내자. 우리는 벌레보다 늦게 죽자."

저들은 실내복 차림이다. 심지어 늙은 남자는 벌레의 집에서 잠옷 바람으로 뒤늦게 뛰쳐나왔다. 그런데 아, 어머니, 아버지, 설상가상 눈이 와요. 찬 눈이 우리들의 발등을 허옇게 덮어요.

＊ 55kg은 1920년 7월 29일 자 카프카의 몸무게다. 눈을 감으면 어둠 속에 희끗희끗 나타나는 것, 그것은 신장 182cm의 카프카가 밀레나에게 장문의 편지를 쓰려고 구부렸던 등뼈의 잔상이다. 이날 카프카는 밀레나에게 두 통의 편지를 썼는데, 그 두 번째 편지에서 자신은 물리物理에 대해서는 그 어떤 것도 이해할 수 없었노라 고백한다. '나는 세상의 저울을 이해 못 하겠소. 물론 그 저울도 나를 이해 못 할 게 분명하오. 그렇게 거대한 저울이 55킬로그램밖에 안 되는 나를 가지고 도대체 무얼 할 수 있겠소. 아마도 내가 존재한다는 사실조차도 모를 거요'(프란츠 카프카, 『밀레나에게 쓴 편지』, 오화영 옮김, 솔, 2017, p. 189 참조). 눈을 뜨면, 그래도 카프카가 글을 쓰고 있다.

바보의 성격

켄트: 누가 함께 있지요?
기사: 바보 혼자 농담으로 그 가슴의 상처를
      씻어주려 애쓰고 있답니다.
                        ── 셰익스피어, 『리어왕』

셰익스피어: 나는 바보의 말 속에 내 모든 유산을 숨겼
          네. 시인 친구, 바보의 말을 탐구해보게. 바
          보는 늘 우리와 함께한다네. 바보는 비극을
          모르는 얼굴로 비극을 예언하지. 바보는 룰
          루랄라 우리를 가볍게 앞질러 가서 미래를
          훔쳐 오곤 해. 그래서 바보는 알아들을 수
          없는 말을 하는 거라네. 시인 친구, 내가 살
          았던 시절은 지금으로부터 무려 4백 년 전
          인데, 바보가 우리 사이를 오갔다는 걸 내가
          무슨 수로 알아챌 수 있었겠나. 바보는 외로
          움을 모르는 얼굴로 외로워서 동전 지갑처
          럼 입을 열었지. 시인 친구, 하루 저녁 바보
          의 길동무가 되어주게. 나는 바보의 농담을
          좋아했네. 바보가 자네를 웃길 걸세. 비극의
          한가운데에서 자네를 웃길 걸세. 그리고 나

중에 가서야 그 웃음의 성격이 붉은 잇몸처럼 드러나겠지. 힐끗 뒤돌아보는 사람처럼 그리고 다시는 돌아보지 않는 뒷모습처럼 어둠 속에 잠기겠지. 언제나 찾으면 바보는 보이지 않는다네. 그러나 바보는 기다리지 않아도 온다네.

이 세계

이것을 이 상자에 넣었으므로 저쪽 상자엔 넣을 수 없지*

이것이 네 신발이야
걷고 뛰어라, 상자가 충분히 커다랗다면 저쪽 세계를
기웃거릴 이유가 없지
쫓아가는 경찰도
쫓기는 도둑도 모두 죽어라 뛰어간다
상자를 살짝 흔들면 경찰이 쫓기고 도둑이 죽어라 쫓
아간다, 옷만 바꿔 입었을 뿐인데
밤이 오면 너는 신발을 성경책처럼 가슴에 품고 잠이
드네
내 아기, 세상모르게 잘 자라, 모든 강물이 다 바다로
흘러드는데 바다는 넘치는 일이 없단다**
나는 신발 공장의 일개 노동자
새 신발을 새 상자에 넣는 일을 한다네
상자 속에, 상자 속에, 상자 속에, 상자 속에…… 하, 이
것은 끝이 없네
이것이 깊고 깊은 어둠이야
어둠 속으로 손을 넣어 잘 찾아봐, 이것이 네 신발이야

60

* 황정은, 『디디의 우산』, 창비, 2019, p. 23.
** 「전도서」 1:7.

공범자들

그날 밤 나는 무엇을 보았을까요?

그들은 내게 질문을 하지 말고 대답을 하라고 합니다. 깨진 진실의 한 조각을 그날 밤 내가 보았다고 합니다. 그걸 쥐면 칼을 쥐는 거라고, 칼을 쥐면 찌를 수 있다고, 드디어 우리는 세계의 거대한 고름 주머니를 폭죽처럼 터뜨리는 거라고, 너는 위대한 목격자라고 유혹합니다. 내가 마지막 한 조각을 맞추면 아름다운 항아리가 완성되는 거라고, 우리는 거기에 한아름 불타오르는 장미를 꽂을 거라고, 준비한 꽃이 시들면 안 된다고, 실망시키지 말라고 했을 때, 나는 사랑에 빠진 자의 무서운 얼굴을 보았습니다.

그들은 내가 무엇을 보았는지 알고 있는 것 같아요. 내가 무엇을 보았습니까?

질문을 하지 않고 대답을 하면 내가 과연 정답을 맞힐 수 있을까요? 그날 밤 그, 그것은 나의 입김이었다고 말하면 안, 안 될까요? 추운 겨울밤에 어떤 사람들은 그런

허연 유령들을 좇아 지그재그로 보도를 걸어가지 않습니까? 나타났다 사라지고 나타났다 스르륵 사라지는 유령은 텅 빈 서랍입니다. 그 안으로 세계의 모든 사람이 걸어 들어갈 수 있습니다. 그것은 그야말로 하나의 세상, 그리고 세상이란 서로의 입술을 깨물며 노는 즐거운 이야기 지옥, 그 속으로 한번 들어가보지 않을래? 나는 당신을 데려……가 완전히 묻어버리고 싶습니다. 내 무서운 사랑을 바로 당신이 받아야 합니다.

그림자가 길다

땅에 그림자가 있듯이 이데올로기 투쟁에도 그림자가 있고*

길다……

그림자가 하…… 길어서

극장에서 지루한 영화를 중간중간 졸면서 보는 기분이야

영화를 보고 밖으로 나와도 여전히 그림자는 살아 있어

영화보다 더 영화 같다는 게 뭘까

그림자는 무게가 없으니 바람이 불면 제일 먼저 날아가야 하지 않을까

태풍이 불면 지붕도 날아가고 나무도 날아가고 파도도 날아가는데 하늘에는 그림자가 없다

땅에 붙은 사람들 그림자 좀 봐

내 그림자 위에 네 그림자? 내 그림자 아래 네 그림자?

내 그림자가 널 사랑하는 것 같아 보여도 누가 그림자를 두려워하랴

그림자는 위도 없고 아래도 없다, 속도 없고 껍질도 없다, 그러나 하……

뭔가 있어

* "하늘에 그림자가 없듯이 민주주의의 싸움에도 그림자가 없다"(김수영, 「하…… 그림자가 없다」, 『김수영 전집 1』, 민음사, 1981).

우리를 위하여

그 밤의 언덕에서 개 한 마리가 컹, 컹, 짖고 있었다.

그 모습은 우리 모두가 속한 세계로부터 저 홀로 툭 튀어나온 듯 고독하게 보였다.

그 고독이라면 전 세계로부터 한 걸음 뒤로 물러선 당신의 것이기도 했을 것이다.

그 세계에서 우리는 끝없이 긴 한 줄의 문장을 언제나 끝맺으려 하고 있었다. 우리는 우리를 넘지 못하는 국경선을 형성하고 있었다.

그 국경선에서 우리는 우리의 사슬이었다, 우리는 우리를 앞에서 사랑하고 옆에서 의심하고 뒤에서 밟았다. 우리는 우리의 무덤을 팠다. 어느 날 당신이 내디딘 단한 걸음 때문에

그 한 걸음 때문에 당신은 우리의 대오에서 사라졌다. 그 밤의 어둠 속에서는 뭔가에 씐 듯 베테랑 사냥꾼조차도 다 잡은 짐승을 눈앞에서 놓치는 일이 벌어지곤 했다.

그 개처럼 당신은 짖어라.

그 추리닝을 입은 개처럼 당신은 허공과 싸워라. 그 허공이 당신을 남김없이 먹어치우리.

그날이 그날처럼 24시간 흘렀다.

항구적으로 불안은 우리를 위하여 전류처럼 흐른다.
그래서 우리는 우리를 위해 언제나 환하게 불을 켠다.

무슨 심부름을 가는 길이니?

잘 아는 길이었지만……
우리가 아는 그 사람처럼
알다가도 모를 미소처럼

안개가 자욱하게 낀 날이었어요.
눈을 감고도 갈 수 있는 길이었지만
눈을 감지 못하는 마음이었어요.
나는 전달책 k입니다.
소문자 k입니다.

거기까지 가는 길은 아는데
왜 가는지는 모릅니다.
오늘따라 나는 울적합니다, 왜 그런지는 모르겠어요.
이럴 때 나는 내가 불편합니다.

만약 내가 길가에 떨어진 돌멩이라면
누군가가 나를 주워 주머니에 숨길 때의 그 마음을
누군가가…… 누군가를 쏘아보며 나를 집어 던질 때의
그 마음을

내가 어떻게 알겠어요?
내가 알면 뭐가 달라지나요?

평소에도 나는 나쁜 상상을 즐겨했습니다.
영화 같은
영화보다 더 진짜 같은

그러나 상상할 수 없는 것이 현실이라면
우리의 모든 상상이 비껴가는 곳에서
나는 나를 재촉했습니다.
한 명의 내가 채찍을 들고
한 명의 내가 등을 구부리고

잘 아는 길이었는데
눈을 감고도 훤히 보이는 길이었는데……
안개가 걷히자
거기에 시체가 있었습니다.
두 눈을 활짝 열어놓고 우리를 기다리고 있었습니다.

「변신」후기

메란으로 요양을 다녀왔다.
저녁마다 옷을 벗고 저울에 올라갔다.
그날
내게 남은 것은 55킬로그램뿐이었다.

저울 위에 나를 완전히 벗겨놓고
0.0킬로그램의 그림자는
계단 밑으로 흘러내려 55킬로그램의 벌레처럼 누웠다.
긴 꿈을 꾸고
어느 날 당신의 침대에서 꿈틀거리며 깨어나려는 것이다.

그때 나는 마지막으로 55킬로그램의 똥을 누겠지.
여기서 똥을 다 누고 그늘 한 점 없이 사라지겠지.

그래서 그 전에, 그 전에,
똥을 참으며
써야 하는 것을 급박하게 쓰는 것이다.

1924년 3월 16일*

* 그리고 이날 밤에 카프카는 「요제피네, 여가수 또는 서씨족鼠氏族」
을 쓰고 있었다. "머지않아 요제피네의 마지막 휘파람 소리가 울리고
영원히 멎게 되는 때가 올 것이다"(카프카, 『변신: 카프카 전집 1』, 이주
동 옮김, 솔, 1997). 결핵균은 폐를 넘어 후두까지 퍼졌다. 카프카의 목
구멍에서 흰 쥐 한 마리가 찍찍거리며 요제피네의 휘파람 소리를 흉내
냈다. 카프카는 마지막 문장에서 조금 더 나아갔지만 더 이상 쫓아갈
수 없었다. 그때는 누구나 영원히 멈춰야 하는 것이다.

카프카의 침상에서

출근 시간도 한참 지나서 잠에서 깼다. 이런 일은 여태껏 한 번도 없었다. 나는 전생에서부터 알람 소리에 맞춰 일어나는 삶을 살아왔다. 오전 6시의 격렬한 도끼질도 깨뜨릴 수 없었던 잠의 트렁크 속에 내가 들어 있었다면 누군가 이 트렁크를 들고 지구 밖으로 튀었대도 놀랍지 않다. 오전 6시에 나는 죽었던 것이 틀림없으므로 카프카의 소설에서 벌레로 깨어난다고 해도 하나도 놀랍지 않았다.

카프카는 무의식을 잠에 쏟지 않고 글에다 쏟아부었기 때문에 늘 잠을 설쳤다. 글과 꿈이 뒤바뀌는 건 다반사. 그러므로 내가 카프카의 침상에서 깨어났을 때에도 그는 별로 놀라지 않았다. 그래, 어느 날 아침, 한국 노동자 金이 벌레가 되어 눈을 떴다고 가정해보자, 카프카는 중얼거렸다. 밀린 월세를 독촉하기 위해 찾아온 집주인이 우연히 이 광경을 목격했다. 쯧쯧, 카프카가 또 혼잣말을 하고 있군. 제3자의 관점에서 보자면 카프카는 카프카와 고요한 설전을 벌이고 있고, 이것은 나쁜 징조로 받아들여졌다. 잠을 못 자고, 수시로 혼잣말을 해대며, 사람이 벌레로 변하는 이야기를 쓰는 작자라면 미쳐가고 있단 뜻이지. 불쌍해라, 카프카, 그래도 집세는 내야지. 바로 그때 카프카의 침상에서 커다란 벌레 한 마리가 버둥거리다가 뒤집혔다. 나는 누워서 늘어난 다리 개수를 세어보며 킥킥거렸다. 가늘고 많은 다리들이 허공을 간지럼 태우고 있었다.

카프카, 당신도 나를 찾았었지. 테이블에 그 무슨 암호처럼 검은 모자를 놓고 간 적도 있었고, 또 어느 날엔가는 술을 마시며 시말서를 쓰고 있는데 불쑥 나타나 오늘밤엔 잃어버린 모자를 꼭 찾아야 한다며 초조한 눈빛을 내게 보냈지. 당신의 눈빛에 나는 묶여 있었네. 꿈은 열쇠를 떨어뜨리기 좋은 곳, 그리고 안에서 문이 잠기네. 안에서 문이 열리지 않으면 우리는 햇빛 속의 장님두더지처럼 언제까지나 노란 장판 위에서 자기 그림자를 밟으며 맴맴 도는 거야. 아주 오랫동안 조금씩 혀가 닳고 귀가 닳은 기분이야. 나는 그날 사무실에 우산을 놓고 나왔어. 지하철에서 나오니까 비가 오고 있었고 비를 맞으며 우산 생각을 했지. 그런데 카프카는 그날 무슨 이유로 검은 모자를 그토록 찾았을까.

   간지럼은 혼자서 할 수 있는 일이 아니라고 했다. 그렇지만 나는 내가 아니고, 카프카는 카프카가 아닌 순간이 있다. 그 순간에 ㅋㅋㅋㅋ 계속 웃어야 한다면 우리는 드디어 참을 수 없는 고통에 빠지게 된다. 나는 나를 뒤집어야 한다. 허공을 향해 가늘고 많은 내 다리들이 웃고 있다. 아우성치고 있다. 이봐, 날 좀 도와줘. 카프카, 카프카, 지금 대체 뭘 보고 뭘 듣고 있는 거야. 쫓기는 사람처럼 카프카가 맹렬하게 글을 쓰기 시작한다.

그 복도

그 복도의 이름은 오후 *4시의 희망*, 나는 누군가의 이름을 떠올리며 그 복도의 끝에서 끝까지 걸어가는 중이다. 그 복도는 처음, 중간, 끝으로 이루어지지 않았어. 그 복도는 말이야…… 나는 그 복도에 대해 잘 아는 사람처럼 중얼거리기 시작한다. 한참 중얼거리다 보면 모르는 것들을 정신없이 핥게 돼.

그 복도에 처음 보는 그림자를 끌고 나타난 남자. 그의 뒷모습을 좇으며 눈동자를 얼음처럼 고정시키고 서 있으면 말이야…… 대체로 호기심은 저질이었고, 나는 예언자처럼 헛소리를 한다. 기다려봐, 그는 죽을 거야. 그는 죽일 거야. 그는 우리에게 충격을 안겨줄 거야. 인터넷이 매일같이 퍼 나르는 이야기라도 말이야…… 그것이 옆집에 누워 있는 시체 이야기라면, 우리의 오감은 싱싱하게 살아나서 어둠 속에 숨겨진 도끼를 기어이 찾아내고야 말지. 그렇게 되면 어디선가 종소리가 줄을 끊을 듯 맹렬하게 울리고 그땐 말이야…… 누가 가볍게 스치기만 해도 나의 내부는 커다란 물방울처럼 붕괴된다. 겉은 멀쩡해 보여도 말이야…… 머리 위에서 도끼 그림자가 시계추처럼 흔들리고 그 밑에서, 각자, 자기 도끼를 숨기기 위해 밤마다 마음을 후벼 팠어. 어느덧 우리는 도끼를 어디에 숨겼는지 기억해내기도 어려워진다. 그땐 정말이지 모든 게 완벽하게 멀쩡해 보이는 것이다. 208호실 옆에 207호실이 있고, 그 옆에 206호실이 있고, 복도는 그런 관점에서 보면 하늘에서 내려보낸 계단처럼 순종적인 질서가 잡혀 있다. 고개를 푹 숙이고 걸어가는 뒷모습은 언제나 그 복도에 썩 잘 어울렸단 말이야…… 그 복도의 이름은 *오후 4시의 희망, 푸른 사과가 있는 국도*, 뭔가를 보고 놀란 사람처럼 봉투를 떨어뜨리면 몇 알의 사과가 데구루루 굴러가기도 했다.

　그 복도는 옆집과 옆방으로 끝없이 이어져 있다. 그리고 주민들은 모두 그 복도에서 하나의 그림자를 공용으로 사용한다. 우리는 착각을 사랑해서 그림자 속에서 눈에 띄는 표정을 꺼내는 일이 거의 없지. 그 복도의 이름은 *오후 4시의 희망, 푸른 사과가 있는 국도, 혼자 가는 먼 집*. 한밤중 혹은 새벽 3시, 잠과 그림자를 모두 도둑맞은 사람은 오랫동안 무거웠던 희망을 살해하고 나온 듯이 가벼워져서 그 복도를 산책해. 절망의 기분도 없어지고 그때, 그 복도는 열어보면 빈 서랍 같은 것.

열어도 열어도 다 열리지 않는 기다란 서랍처럼 그 복도를 나는 천천히 걸어간다. 아직도 끝이 보이지 않다니, 그 복도의 길이를 도무지 믿을 수 없어서 뒤를 돌아보면, 누군가 나를 가만히 지켜보고 있는 것이다. 그때, 우리는 아주 잠깐 눈이 마주쳤을 뿐. 어느 생의 법정에서도 서로의 얼굴을 영원히 증언할 수 없을 거야.

* 내가 하는 말들은 다 어디에서 왔을까. 그녀가 하는 말들은 다 어디로 갔을까. 오후 4시의 희망은 기형도의 소설, 푸른 사과가 있는 국도는 배수아의 시, 혼자 가는 먼 집은 어디선가 들려오는 당신의 노래……

지구를 지켜라

밤마다 지붕 위로 올라가는 사람이 있습니다. 나는 이상하게 생각하지 않았어요. 아무도 모르게 하는 일 하나쯤은 누구나 가지고 있잖아요? 몰래 후원을 하거나, 눈물을 흘리거나, 시를 쓰거나, 폭약을 제조하거나, 자위, 자해, 자살을 하는…… 그러나 밤은 이미 패색이 짙습니다. 저들은 패색을 밤의 색깔, 지구의 기분이라고 부릅니다. 저희들의 패색왕이여,

낮이 연장, 연장되었습니다. 낮이 1시간이라면 밤은 1초. 밤의 정신은 퇴각, 퇴각…… 퇴각의 초침 속에 깃들어 있어요. 심야 택시 한 대가 밤의 퇴로를 빠져나갔습니다. 지구는 뿌리 없는 나무예요. 동지여, 무사히 도착하면 그곳 사정을 알려줘요. 그곳에도 밤마다 지붕 위로 기어 올라가는 사람이 있다면, 단 한 명이라도 밤의 지붕에 오도카니 앉아서…… 망망대해를 표류하고 있다면,

가슴팍에 칼을 꽂듯 세계의 심연을 들여다봤다면, 그리하여 마침내 공포를 깨우쳤다면, 신입 당원이여, 지붕 위로 쫓겨난 개여, 아직도 자기 믿음이 부족한 자여, 그대

는 비밀을 파헤친 자, 더 많이 알게 된 자예요. 지구는 날
개 없는 거대한 새입니다. 선택받은 자의 얼굴은 뺨을 맞
은 자의 얼굴과 닮았습니다. 지금 뺨을 맞은 사람으로 하
여금 말하게 해야 합니다. 그러므로 당신이 비명을 질러
야 합니다.

그레고르 잠자의 휴일

　다음 날 아침 벌레로 깨어난 남자의 침대 맞은편에도 거울이 하나 덩그러니 걸려 있었다. "내일은 모처럼의 휴일이니 죽음보다 긴 잠을 잘 거야. 그레고르 잠자, 그레고르 잠자, 당신의 이름을 계속 중얼거리면 잠이 올 것 같아서 좋아." 옆에 누웠던 여자가 없다. 그녀는 어디 갔지? 어젯밤에 그레고르, 그레고르, 주문을 외워댔던 행복한 그녀는 어디로 갔지?

　그레고르 잠자가 여자와 함께 잠을 잔다는 것은 뭐랄까, 예외적인 일이었다. 그러나 여자와 함께 잠이 들고 아침에 혼자 일어나는 일은 뭐랄까, 익숙했다. 그러나 죽음보다 긴 잠을 운운했던 그녀, 어젯밤 그녀의 사라짐은 뭐랄까, 세상을 건너간 느낌이랄까, 그래서 여기는 대체 어디란 말인가, 자신의 목이라도 조르고 싶어지는 기분이었다.

　그레고르 잠자는 거울을 빤히 들여다보는 것 같았지만, 실은 거울이 보여주지 않는 것들을 보고 있었다. 그는 그녀와 겨우 두 번의 저녁 식사를 같이했을 뿐이지만, 매일 같은 시간에 같은 기차를 타고 출근한다는 사실을 알게 되었고, 오전 6시 20분에서 25분 사이에 역 광장을 가로지르면서 사람들을 힐끔거리는 습관을 가지게 되었다. 그렇게 힐끔힐끔 훔쳐본 사람들, 그녀가 아니었던, 그녀가 아니라는 것 외에는 그 어떤 특징도 없었던, 아무것도 기억나지 않는 사람들, 왜 그런 군중의 얼굴이 자꾸 떠오르는 걸까? 대체 그 얼굴은 누구의 것이란 말인가. 맞은편의 거울은 벌레를 보여주었다.

앗, 이것은 내 얼굴이잖아. 잘 알고 있지, 알다마다, 누가 뭐래도 이것은 내가 밤새 만든 얼굴인걸. 오늘도 별일 없는 거야. 그렇지만 그녀는 떠났고, 나는 실직을 했지. 마침내 거대한 휴일이 찾아왔고, 암만 발이 많아도 기차역으로 달려갈 이유를 찾을 수가 없네. 그레고르 잠자, 그레고르 잠자, 내 이름을 그녀의 목소리로 중얼거리면 더 깊은 잠에 닿을 수 있을 텐데…… 내 사랑은 떠났고, 내 이름은 이제 아무 소용이 없네.

카프카 씨, 들으세요

　선생님, 사장님, 나는 많은 사람들을 그렇게 부릅니다. 그렇게 부르면 대충 다 통합니다. 그러나 당신을 카프카 씨라고 부르겠습니다. 오늘 내가 요제피네를 만났기 때문입니다. 2020년 2월 26일 오후 3시경, 서울의 모 대단지 아파트 998동 1406호, 당신의 새로운 보금자리에서 일어난 일입니다. 축하합니다, 카프카 씨. 당신은 남쪽으로 난 커다란 창문을 가지게 되었군요. 그런 창문이 당신의 글쓰기에 도움이 될지는 잘 모르겠습니다만, 부럽습니다. 암만 소형 평수라고 해도 당신처럼 빼빼 마른 독신남이 살기에는, 넓어요. 그리고 버튼만 누르면 응답처럼 지하에서 엘리베이터가 올라오지 않습니까. 나는 계단과 씨름하다가 굴러떨어진 적이 있어요. 누군가 내다 버린 책상을 갖다 쓰려다가 생긴 일이었어요. 나는 얌전하게 말하는 편이지만 그땐 절로 욕이 나오더라구요. 희망이 남아 있어서 욕도 하는 거라고, 그런 말에 취하는 치들이 있지요. 나는 욕이 아까운지, 희망이 아까운지 모르겠습니다. 나는 계단처럼 1도, 1도, 1도씩 마음이 차가워지는 것을 느낍니다. 마음이 몇 도에서 어는지 아세요? 마음이 물은 아닙니다. 물이었다면 벌써 익사했을걸요. 나는 쥐처럼 *내면으로 침잠하는* 종족이니까요. 아아, 이런 얘기를 하려던 게 아닌데, 가끔씩 나는 수도꼭지를 잠그지 않고 외출하는 영혼 같아요. 나는 나도 모르게 줄 줄 줄 새고 있어요. 당신이 그랬죠, *쥐의 종족 중에 입을 꼭 다물고 있을 수 있는 존재는 극소수라고, 그런데 요제피네는 그렇게 할 수 있다고.*

나는 학교를 휴학하고 이사업체에서 파견하는 짐꾼으로 일하고 있어요. 오늘 당신의 새집에 이삿짐을 풀어놓은 세 명의 인부 중 한 명이었습니다. 당신과 눈인사를 했고, 그때 당신은 나를 알아보는 것 같았어요. 학교로 돌아가진 못할 것 같아요. 당신이 그랬죠, *쥐의 종족이라면 어린 시절과 학창 시절을 거치지 않고 바로 어른이 되는 거라고, 음악을 사랑하지 않는 서씨족鼠氏族 전체의 스페셜한 예외, 우리들의 디바 요제피네의 노래조차도 노동으로부터 용서받을 수 없었다고.* 당신의 책들은 돌덩어리 같습니다. 내겐 가장 무거운 짐이었습니다. 당신을, 당신을 사랑하지 않은 것은 아니었습니다만, 이것이 짐이 아니라면 당신은 내게 돈을 주지 않겠지요? 당신과 나

사이에 지폐의 신비가 작용하여 우리가 만났으니, 우리가 만나지 않은 것은 아니었습니다만, 그리고 당신을 사랑하지 않은 것은 아니었습니다만, 나는 금전을 사랑해야 해요. 돈을 만지작거리는 손은 따뜻하고, 우리가 돈을 주고받는 짧은 순간에도 전염병이 지구처럼 돌고 있어요. 요제피네도 멀리 가지 못했어요. 당신은 *그녀가 우리를 완전히 떠나버렸다고* 했지만, 그렇게 작은 동물이 어디로, 어디로 간단 말이에요? 그리고 나는, 나는 또 어디로 간단 말입니까?

나는 당신이 숨겼다고 확신하고 있습니다. 당신은 어두운 사람이니까 요제피네를 감추는 게 그렇게 어렵지 않았어요. 2020년 2월 26일 오후 3시경, (때마침 내 생일이기도 했는데, 일생이 불행한 자에겐 선물이 선물로 보이지 않듯) 카프카 씨의 침대 밑으로 쥐 한 마리가 기어 들어가는 것을 목격하게 되었습니다. 세 명의 사내가 모두 허걱했지만, 각기 다른 이유로 놀랐습니다. 같은 표정을 짓는다고 같은 생각을 하는 건 아니지 않습니까? 우리는 같아 보일 순 있지만 같아질 수는 없습니다. 내가 페스트를 보았노라, 우리가 페스트를 보았노라, 곽 씨가 제 몸을 와들와들 떨었어요. 헛소리와 설사는 우리가 곽 씨를 묘사할 때 빼놓지 않았던 특징이었습니다. 그 누구도 감히 쥐를 잡으려고 하지 않았지만, 각기 다른 이유로 쥐를 잡을 수 없었습니다. 나는 요제피네를 보았기 때문입니다. 나는 요제피네를 사랑하지 않은 것이 아니었단 말입니다. 당신은 요제피네를 사랑하지 않지 않은 것이 아니지 않았다고, 나는 거의 아름다워지는 믿음에 다다르고 있습니다. 당신이 그랬죠, *요제피네가 노래를 위해 일어선다면 우리 모두 장중한 침묵에 빠진다고.* 카프카 씨, 나를 숨기세요. 당신의 어둠은 넓어서 나를 장막처럼 두르고, 당신의 어둠은 깊어서 나를 흙비처럼 흘러내립니다. 아무 일도 도모하지 않고 노래를 위해서만 조용히 일어서겠습니다.

* 기울여 쓴 글자는 카프카 씨의 「요제피네, 여가수 또는 서씨족」에서 찾은 단서들이다.

3부

우리가 그림자를 던지자

첨벙, 하고 커다란 소리를 냈다

늑대만 남았다

우리는 모두 아기였었다. 심장이 어린잎처럼 자라는 것이었을 때부터 함께 자라온 것을 예감이라고 부른다. 심장이 밖으로 튀어나오려 한다. 주둥이와 발을 가진 예감을 늑대라고 부른다. 주둥이를 열면 하얀 이빨들이 촛불 아래 갖가지 나이프처럼 예비되어 있었다. 셰프의 주방처럼 주둥이에서는 뜨듯한 김이 피어올랐다.

그런데 가만, 우린 며칠째 늑대를 보지 못했어. 누군가의 거짓말처럼 어느 날 늑대가 종적을 감췄고 우리의 잠은 벽돌집처럼 단단해지고 우물처럼 깊어진다. 우리는 더 이상 바람 소리 따위에 놀라지 않는다. 망각의 창문을 늑대라고 부르면 우리는 늑대의 배 속에서 잠든 새끼 양처럼 늑대를 보지 못한다. 늑대는 수수께끼에 빠져 있다. 그 아이들은 모두 어디로 갔을까?

검은 숲

숲으로 걸어 들어가는 아이를 보고 있어
숨이 차
쫓아가도 숲이 멀어지고 숲으로 걸어 들어가는 아이가
멀어져

난 내내 뒷걸음질 쳤던 것처럼 멀어져
몸의 끈과 마음의 끈이
오른손으로 놀리는 인형과 왼손으로 놀리는 인형처럼
서로 다른 세계로 달리는 말 대가리처럼

아이에겐 들리는 숲의 음악이 내게는 들리지 않아
아이에게 불러줄 노래를 그만 잊어버렸네

숲이 멀어지고
숲으로 걸어 들어가는 아이가 더 빠르게 멀어지고
멀리 숲만 남았네
멀찍이 떨어져 배를 깔고 누운 저 짐승의 빽빽하고 검
은 털
같은 숲이야

깊은 숲이 보이는 창문만 남았네

안개를 헤치고
동그란 눈동자만 남았네
눈꺼풀이 없는 눈동자만 남았네

밤새 현관문을 열어놓고서
밤낚시꾼처럼 간이의자에 앉아 다리를 달달 떨고 있어
숲이 깰까 봐
숲이 우르르 일어나 아이를 물고 우리 집을 찾아올까 봐

죽지 않는 그림자

무너진 건물의 무너지지 않은 그림자 속으로 뛰어 들어갔다, 갑자기 비가 쏟아졌기 때문에.

그래서 비를 피할 수 있었냐고, 사람들이 물었다.

이상한 질문이라고 나는 생각했다.

그림자 계단을 밟고 후다닥 2층으로 뛰어 올라가다가 갑자기, 모든 것을 알 수 없다는 기분에 휩싸였고, 그 순간, 겨울 벌판에 혼자 남겨진 사람처럼 몸이 얼어붙었다. 참을 수 없이 그가 보고 싶어졌다.

강에서 걸어 나온 사람처럼 차가운 물을 뚝뚝 흘리며 집으로 돌아오면 밤새 열이 오르고, 나는

내가 이상한 말을 하는 것 같다.

* 밀로라드 파비치의 『하자르 사전』(신현철 옮김, 열린책들, 2011)에 의하면, 파괴된 건물의 파괴되지 않은 그림자들은 볼가 강물과 바람 속에 단단히 붙잡혀 있었다고 한다. 그러나 어떤 그림자가 그곳에서 영원히 살아간다면, 그것은 강물과 바람의 힘이 아니라 전적으로 그림자의 의지에 따라 결정된 일이다. 흐르는 강물 속에서도 흐르지 않기로 한 그림자는 돌보다 단단해서, 우리가 그림자를 던지자 첨벙, 하고 커다란 소리를 냈고 세상의 모든 강물이 산산이 부서졌다.

밤의 실루엣

　밤은 흰 구름과 검은 구름으로 이루어져 있는 것 같다. 흘러가는…… 시간에

　고향은 늘 별처럼 멀리 있을까. 멀리 밀려가버린 것들의 이름이 고향일까.

　이런 밤은 두 장의 커튼으로 이루어져 있는 것 같다. 커튼 사이로……
　누구의 머리인가. 밤보다 더 까맣다.

　누구의 발인가. 밤보다 더 깊다. 발의 주인과 머리의 주인이 다른 사람인데…… 침묵처럼 굳게 닫혀 있는 하나의 육체란 우리에게 어떤 집일까.

　그러나 피부가 마음처럼 벌어져 있다면 어떻게 되겠는가. 문이 그만큼 벌어져 있었다.

　문 뒤에…… 몸을 숨기고 서 있으면 알게 되는 것들이 있다.

한밤의 기도

지금 내 어머니의 입술은 끓는 물 같습니다.

기도 중입니다. 불쌍한 여인이 불쌍한 여인을 이기는 중입니다. 작은 몸 안에 교회를 짓는 중입니다.

예배당 밖에서 나는 붉게 언 손을 비비며 어머니를 기다리다…… 우리 동네의 미친 사람을 만났습니다. 나는 달아났습니다.

그의 눈동자와 머리카락은 일찍이 하얗게 타버렸습니다. 그에게 나는 십 년 전에 가출한 계집애로 보입니다. 내가 아부지다, 내가 니 아부지다, 괴성을 지르며 쫓아왔습니다.

겨울밤에 우우우 버림받은 짐승처럼 울부짖었습니다.

밤의 한가운데

두 개의 날개로 창공을 가르는 새처럼, 그 새들의 한가
운데
안쪽으로 조금 구부러진 부리처럼
밤의 한가운데로 걸어가자

한가운데는
길을 잃어버린 아이의 필사적인 두리번거림 같은 것

쓰레빠 한 짝을 잃어버린 노인이
어디서부터 길을 잘못 들었는지 모르는 채
한 방향만 바라보며 계속, 계속 가는 것
검은 천을 두 쪽으로 가르며 앞으로 나아가는 쇠가위
처럼

고집스럽게
우리 모두 집으로 가는 시퍼런 파도 위에 서 있는 것
끝이 없는 것

왼쪽이 무한하고

고개를 돌리면 오른쪽이, 아아아아아 그만큼 무한한 것
한가운데는

내가 없이 내가 걸어가는 것

꿈속에서

나는 수영을 할 줄 모르지만
꿈속에서 나는 거룻배처럼 수영을 할 줄 알았다
꿈속에서 나는 물을 삼가지 않았다
물은 내게 날개를 달아주었다
물은 나를 자꾸 밀어 올렸다
나는 깊은 신앙심에 고양되어 눈물을 흘리고
더욱 물을 믿고
의지했다

그러나 꿈속에 영영 잠겨 있는 것이 있었다
나는 점점 더 멀어졌다
나는 점점 더 분리되었다

꿈속에서처럼 누가
끈덕지게 나를 불러서 뒤를 돌아보았는데
검은 물처럼
아무도 없었다

아침에 일어나는 일

거의 잊혀진 것 같다
머리 하나를 두고 온 것 같다

머리가 두 개인 사람처럼
머리를 일으켰다

모든 게 너의 착각에서 시작되고 끝났다,
헤어질 때
당신이 한 말

두 명의 사람이 누워 있는 것 같다
아침에 눈을 떠서
간신히 한 사람만 안아 일으켰다

라디오 스위치를 켜고
어제와 똑같은 아침 방송을 들었다

두 자매

민희는 지붕부터 그렸어요. 집을 그릴 땐 언제나 그랬죠. 숙희는 창문부터 그렸습니다. 창문 세 개를 나란히 그려놓고 바깥에 큰 테두리를 하나 두르면 이야기꽃처럼 집 한 채가 쉽게 피어났어요. 우리는 초록색 담쟁이넝쿨로 그림 속의 집을 꽁꽁 싸매곤 했지요.

엄마는 아기를 낳으러 갔어요. 민희도 나중에 아기를 낳을 거야. 숙희도 나중에 아기를 낳을 거야. 아기들은 사촌이 되는 거야. 아기를 자꾸자꾸 낳으면 민희는 이모할머니도 되고 고조할머니도 되는 거야. 숙희는 언제나처럼 스케치북에 창문 세 개를 그렸는데, 오늘은 웬일인지 "하나 더,

하나 더 그릴까?" 민희에게 물었어요. 좋아. 오늘은 창문만 그리자. 별별 모양의 창문을 우리가 다 발명하자. 엄마가 아기를 안고 오실 때까지.

아기는 이름도 없대. 민희와 숙희는 아기를 둘러싼 모든 것이 궁금했어요. 민희가 갑자기 훌쩍이기 시작했어

요. 아기를 낳다가 엄마가 죽을지도 몰라. 어쩌면 벌써 엄마는 죽었고 우리가 아는 어른이란 어른은 죄다 화장터로 몰려갔을지도 몰라. 엄마가 죽으면 세상엔 우리 둘뿐이야. 우리 둘이서 보름달도 보고 반달도 보고 달이 증발한 깜깜한 하늘도 이렇게 올려다보는 거야.

그런데 아기는 어떻게 되었을까? 우리가 가서 아기를 데려오자. 이제 사람들은 우릴 완전히 잊어서 들킬 염려도 없어. 민희와 숙희는 처음으로 집을 떠날 채비를 했습니다. 운동화 끈을 매고 민희는 숙희의 손을 잡고 일어났습니다.

이별여행에 대해 아는 게 별로 없지만

어젯밤 나는 마지막 기차를 타고 떠났네. 마지막 기차를 타고 네 시간을 달려 새벽이라고 부르는 시간에 도착했어. 나는 새벽에 대해 아는 게 별로 없네. 안녕, 새벽.

바닷가 마을도 아닌데 멀리서 파도 소리가……

민박집 주인이 손전등을 준비해 오라고 했어. 오는 길에 가로등이 없답니다. 양배추밭 사잇길로 어둠을 쏘아보며 씩씩하게 걸어오세요. 검은 고양이 같은 어둠에 대해 나는 아는 게 별로 없는데…… 손전등으로 어둠을 비추니 내가 들킨 것처럼 으스스했어. 아, 안녕 어둠.

바닷가 마을도 아닌데 파도 소리가 멀어졌다 멀어졌다 가까워지네……

왜 내게 인사도 하지 않는 거니? 네가 말했지. 글쎄, 나는 마음에 대해 아는 게 별로 없어. 그렇지만 이제 인사를 할 수 있네. 안녕.

바닷가 마을도 아닌데 파도 소리가 심장 고동처럼 부서지네……

어젯밤 나는 마지막 기차를 타고 너를 떠났네. 마지막 기차에 대해 나는 아는 게 별로 없네. 마지막 기차도 모르면서 "이게 마지막이야" "이게 마지막이야" 백날을 말하다가 불쑥 기차를 탔지. *빨래를 걷어야 한다며 기차 타고 떠났어** *빨래를 널어야 한다며 기차를 타고 떠나는 거야* 기차를 타고 떠나는 이유 같은 게 한 번쯤 우리 삶을 구원할 수 있을까? 어딘가 빨아둔 옷이 있을 텐데…… 이게 마지막일까? 이게 마지막이겠지?

안녕, 새벽.
안녕, 어둠.

민박집에서 깜박 잠들었다가 아침을 맞았어. 양배추밭 너머 바다가 보이고 하늘이 보이는 마을이었어. 나는 이곳이 바닷가 마을인 줄도 몰랐네. 그리고 바닷가 마을의 아침에 대해서도 나는 아는 게 별로 없지만…… 안녕, 바닷바람.

그리고 안녕, 아침.

* 양준일 작사, 「Fantasy」.

봄날은 간다

오른손에 있는 것을 왼손에 옮길 수 있지
우리는 그렇게 흔들흔들 바구니를 손에 들고 산책을 해
공짜로 얻을 수 있는 것들로만 채우고 싶어
오늘은 4월의 금빛 햇살이 넘실거리네
달걀 껍질 같은 것
막 구운 빵 냄새 같은 것
실오라기가 남아 있는 단추 같은 것, 눈동자 같은 것,
그것은 누구의 가슴을 여미다가 터졌을까
누구의 가슴이든 실금 같은 진동이 있지
오늘 저녁에는 네 가슴에 머리를 얹어봐야지
신기해, 왼손에 있는 것을 오른손에 옮길 수 있다는 것
내 손에 있는 것을 네 손에 옮길 수 있다는 것
바구니는 넘치는데 우리는 점점 더 가벼워지네
바구니가 우리를 들고 둥둥 떠가는 것 같네

노랫말처럼

말에 음악을 입혔네, 음악에 말을 입혔지

한 몸이 되어 흘렀어

모든 것이 가능해질 것 같았어

노랫말처럼 나는 네게로 흘러갔으면 좋겠어

잠 없이 꿈꾸다가 문득,

짧은 노랫말처럼 내가 멈추는 곳, 그곳은 어딜까

꿈에서 깨면 왜 슬플까

새는 깃털을 어디에 떨어뜨렸는지 모르지

여름날 누구의 부채 속에서 어떤 바람을 만들고 있는

지 모르지

흘러갔다 돌아오지 못한 것들이 있었어

나는 내가 다른 곳에 있다고 생각해

나는 내가 다른 곳에서 흘러왔다고 생각해

생각에는 주인이 없지

문을 다 열어놓고 있었지

에코의 중얼거림

전생에 읽었고…… 그리고 두 번째 읽는 책 같군, 기억
나지 않는데 기억을 하네

자신한텐 이제 쓸모가 없어졌다고 누군가 주고 간 두
번째 심장을 닮았네

당신을 다 잊은 후에…… 이것이 두 번째인지 세 번째
인지 네 번째인지 모를 사랑을 하네

우리가 어딘가 닮았다면

　당신과 이야기는 어딘가 비슷한 구석이 있습니다. 같은 옷을 나눠 입는 자매처럼. 그러나 다릅니다. 내가 사랑하는 것은 당신의 언니입니다. 잠시 혼동했을 뿐입니다.

　당신이 들려주는 이야기에 취했을 뿐, 한 방울의 알코올도 내 핏속에 섞지 않았는데, 어느새 나는 머리를 잃고 이리저리 끌려 다녔네. 이성의 왕관은 황야에 굴러떨어져 저쪽에서 흙먼지를 일으키며 달려오는 도적 떼의 말발굽을 기다리는 신세가 되었네. 당신을 모르겠고 당신을 더 모르겠네. 당신은 누구십니까? 당신보다 먼저 태어난 여자에게 제발 저를 데려다주세요.

*

　그러나 언니는 당신을 사랑하지 않아요. 언니가 사랑하지 않는 것을 나도 사랑하고 싶지 않습니다. 언니가 사랑하는 것도 나는 사랑하고 싶지 않습니다. 내 사랑은……

그러나 시간과 이야기가 닮았다면, 시간의 엄마 아빠를 찾을 수 없듯, 이야기도 엄마 아빠를 잃어버리게 된다는 것! 엄마는 내가 아는 엄마가 아니야. 너도 내 딸과 같지 않구나. 그렇다면 너는 누구냐? 말해라, 죽은 딸아. 말하라, 내 딸을 죽인 이 살인자, 마귀야. 우리는 같은 집에서 함께 살았지만 이미 다른 이야기책 속으로 뛰어들었던 겁니다. 첨벙, 그런 커다란 소리를 우리는 이미 옛날 옛적에 들었던 겁니다.

　　오늘은 더 이상 말하지 않겠어요. 내 이야기를 듣고 싶다면, 밤을 견디세요. 몸을 동그랗게 말고 캄캄한 공간, 흐르는 시간을 혀의 돌기처럼 맛보세요. 밤은 오로라와 별과 벌레 같은 것들도 가지고 있어요. 당신은 벽에 기대…… 이미 벽 속으로 걸어 들어가 다음 날 다른 집에서 새로운 눈을 뜨는 언니를 밤새 그리워하게 됩니다.

어머니의 분노

아름다움이란 후회하는 것입니다.
― 배수아, 『멀리 있다 우루는 늦을 것이다』*

어머니의 일생,이라고 말하면 불을 지르고 싶다.
태워서 지워지지 않는 화상을 보여주리.
내 가죽으로부터 남은 것을 보아라, 그것은 흉측하다.
그것을 아름답게 꾸미면 용서하지 않겠다.
달콤하게 후회하면 벌을 주겠다.

   낮에 엄마라고 부르면 내가 분수처럼 구토를 할 것이며,
   밤에 어머니라고 부르면 나는 마지막 빛처럼 사라질
것이며, 너희들의 반대편에 쏟아질 것이며,
   아침에 너희들은 모두 발가벗을 것이다.
   문밖에서 다시 태어나야 할 것이다.
   이 모든 것이 생생할 것이다.

* 워크룸프레스, 2019.

잠을 기다리며

잠이 오지 않는 것이 벌이라면
기다림은 괴로워야 한다
잠을 기다리는 나의 자세를 바꿔야 할 것 같다
나귀처럼
언제든 잠이 와서 끌고 갈 수 있게 목에 포승줄을 걸어
야겠다
침대 옆에
줄을 매어둘 수 있는 나무 한 그루를 심어야겠다
잠을 기다리며
구덩이를 파야겠다
깊어지는데……
점점 깊어지는 것은 구덩이가 아니었다, 그것은 무엇
이었을까?

오늘 밤엔 잠이 오는 것이 벌일지도 모른다
내가 판 구덩이에서
어수선하게, 죽은 사람들이 일어서기 시작했다

그 창문

그 창문은 한 번도 아버지의 모습을 보여주지 않았다

그리고 며칠 전에 그 창문은 어머니를 좇다가 영영 놓치고 말았다

그 창문은 세 아이를 목각인형처럼 나란히 세워놓았다

창문은 사방에서 빗물이 흘러든 흙구덩이처럼 깊고 흐리다

창문은 가장 낮은 물결처럼 흔들리며 자장노래를 부른다

첫째 아이가 쓰러지고

이어서 둘째 아이가 쓰러졌다

셋째 아이 혼자 창문을 닦고 있었는데, 그렇게 시간이 얼마나 흘렀을까?

그 창문의 얼룩 같았던 어두운 눈동자들이 이제 다 지워졌다

아이가 왔다

밤마다 돌아오고, 돌아오고, 다시 돌아와서, 여름 캠프
에 갔다가 피부가 까지고 그을려서 온 아이처럼 돌아와서

우글거리는 밤, 한 명의 아이도 쫓겨나지 않았으니 마
침내
내 오래된 꿈의 포대가 찢어지누나, 마침내 90년 만에
집을 찾아온 맨발의 소녀를 맞으러 나 이제 달려나가리,
기쁨에 넘쳐 우르르우르르 발 구르며 흐드러진 벚꽃잎같
이 머리칼 흩날리며

가벼운 소녀들처럼 춤추는 밤이 왔다
밤 중의 밤이 왔다

밤마다 눈처럼 쌓이는 것이 있었으나, 밤마다 눈처럼
녹는 것이 있었으나, 흰 눈이 깊이깊이 쌓여서 두 발이
다 빠진 노인이 있었으나, 눈이 쌓이고 녹고 쌓이고 녹다
가 이젠 다 녹아서 시간의 발자국이 몽땅 사라진 노인이
오랫동안 홀로 떨었으나

눈과 눈

오늘은 눈과 눈이 같은 소리를 가진다는 것에 대해 생각해보자

그런데 쌤, 칠판에 어지럽게 눈이 내리고 있어요

너는 눈이 싫구나, 눈을 감으면 눈이 보이지 않는다

내게서 눈을 빼면 뭐가 남을까요?

눈사람에게서 눈을 빼면 뭐가 남을까?

쌤, 뱀처럼 목을 빼서 하늘을 좀 올려다보세요, 저 구름 속에는 눈송이가 천만 관객의 눈동자처럼 가득 차 있어요

그리고 네 눈 속에는 구름이 가득해

눈을 가만히 들여다보면 감정이 생기고 슬픔이 밀려오고 호올로 눈 속을 걸어 멀리 여행을 떠나게 돼요

눈의 나라로 달려가는 아이들의 발자국은 금세 지워진다, 이 아이들이 어디로 갔는지 알 길이 없어져버리지

그래서 쌤은 아이를 잃어버렸나요? 눈은 환상을 만들어요

너는 눈이 좋구나, 조심하렴, 더 많이 보는 눈은 비밀을 가지게 된다

그런데 언제부터였을까요? 창밖에 소리 없이 눈이 내리고 있어요

구름과 벌판과 창고

빙그르르 몸을 몇 바퀴 돌려보니 사방이 달의 표면처럼 휘어진 지평선입니다. 스커트 자락이 프로펠러처럼 펄럭이다가 멈췄구요, 하늘에는 동작구만 한 대단한 구름 덩어리가 떠 있었습니다. 대지와 하늘이 만나서 너그러움, 무거운 발걸음, 우울, 고집, 침착함, 숭고함 같은 분위기를 만들어냈구요, 아무 말도 하지 마, 아무한테도 말하지 마, 이것은 구름의 조언이며 부탁이며 겁박, 이것은 또한 구름의 지휘봉이며 플래카드며 흰색의 파시즘, 이 모든 것들의 뉘앙스가 관현악단의 합주처럼 하모니를 이루어 대기 중에 울려 퍼지고 있어요. 황량한 벌판 한가운데 서 있으니까 나는 고작 열세 살 여자아이입니다. 열세 살, 나는 세상에 다시 한번 던져져 다시 태어나야 했습니다. 고통스럽습니다. 피, 피, 피, 빨간 피 따위는 아무것도 아니에요.

은평구만 한 벌판에 허술하고 지붕이 낮은 가건물들이 무질서하게 흩어져 있었습니다. 창고, 창고 같은 커다란 상자를 발견하면, 나는 더러운 창문에 눌어붙은 나방 같은 눈동자, 여덟 살의 나는 틈만 나면 어미 새처럼 물어

나르고 불꽃처럼 날름거리는 이야기의 쾌락에 걷잡을 수 없이 빠져들고, 이야기는 언제나 검은 아가리를 열어 어린아이들을 통째로 잡아먹었습니다. 우리는 즐거웠어요. 나는 거대한 암소의 내장에서 미끄덩 빠져나와 뒷마당에서 우엑, 우엑, 구역질을 했지만요, 다음 날 어스름이 깔리면 또다시 창고로 살금살금 기어들어 갔습니다. 날지도 못하는 닭들이 푸드덕푸드덕 소리를 내며, 무서운 이야기, 세상에서 가장 무서운 이야기를 퍼뜨리고 있었구요, 피, 피, 피, 피, 검은 피 따위는 아무것도 아니에요.

동작구만 한 구름이 떠 있고, 회칠한 창고들이 띄엄띄엄 흩어져 있으며, 날벌레와 뱀과 고양이를 많이 가지고 있는 벌판은, 20년 후 최신식 국제공항 청사와 활주로를 갖게 됩니다. 그리고 언젠가 제2여객터미널 탑승구 유리벽에 기대어 유년의 벌판 속으로 달려가는 당신, 어린 당신을 좇아가는 당신의 눈빛에 잠시 붙들리게 됩니다. 당신은 창고와 구름을 무슨 비밀상자나 마술상자처럼 뜯어보려고 해요. 그러나 당신이 진저리치지 않았나요? 이 땅의 모든 것과 굿바이, 굿바이, 오랫동안 당신은 당신과 작별인사를 나누지 않았나요? 출발 시간이 얼마 남지 않았어요. 10분 후 당신은 점점점점 속도를 올리며 황량한 4월의 벌판을 밤하늘의 천둥 번개처럼 가로지르게 됩니다. 이제 비행기가 이륙합니다. 제발 다시 돌아오지 않았으면 좋겠습니다.

진정한 말의 시, 함께−있는 밤을 위하여

박슬기
(문학평론가)

> 사람에서 사람으로의 진정한 말을 가능하게 하기 위하여
> ── 블랑쇼가 인용한 카프카의 편지[1]

에코는 잠자가 되었다

어쩌면 김행숙은 이제 사라진 것 같다. 카프카의 침상에서 눈을 떠, "55킬로그램의 벌레처럼 누"(「「변신」 후기」)워 있는 그녀, "늘어난 다리 개수를 세어보며 킥킥"(「카프카의 침상에서」)거리는 그녀, 혹은 에코.

---

1 모리스 블랑쇼, 『카프카에서 카프카로』, 이달승 옮김, 그린비, 2013, p. 243. 카프카가 친구 브로트에게 독일어로 쓴 것을 블랑쇼는 프랑스어로 인용했고, 그것을 나는 한국어 번역으로 다시 인용한다. 이 시집의 화법이 그러한 것처럼.

김행숙의 고유한 성취는 얼굴의 형상에 있었다. 말랑말랑한 자기 정체성, 끝없이 반복되는 변신의 형상들이 지니고 있었던 '녹아내리는 얼굴'(『이별의 능력』, 문학과지성사, 2007)들은 이제 최종 형상으로서 에코가 되었다. "입술들의 물결"(「에코의 초상」, 『에코의 초상』, 문학과지성사, 2014)이 출렁거리는 이 모호하고 아름다운 얼굴은 모든 입술과 가슴, 그리고 눈동자와 손짓 사이에서 반사되는 메아리들, 형상 없는 에코였다. 그러니 그의 얼굴은 사물들이 반향되는 장소이자, 세계의 근원인 미메시스의 얼굴이다.[2]

그러나 에코가 어떻게 얼굴이 될 수 있는가. 에코는 울려가는 말 자체이기 때문이다. 에코의 세계에서 존재란 '입 모양'만 가진 입들 그 자체이자, "아직은 입으로 말하지 않은 말을/침묵의 귀퉁이를"(「존재의 집」, 『에코의 초상』) 반사시키는 일종의 울림통, 발화되지 않은 말들이 스쳐 지나가는 소리의 반사판에 지나지 않는다. 이러한 에코가 존재일 수 있는가? 형상 없는 얼굴은 세계의 중심에 세워놓은 거울, 시간과 공간이 반사되는 하나의 심연이 된 것 같다.

『1914년』(현대문학, 2018)에서 '나'는 "100년 전 호텔도 그곳에 들일 수 있"(「1914년」)는 마음을 가진 자,

---

2 박슬기, 『리듬의 이론』, 서강대출판부, 2019, pp. 243~46.

백 년의 시간을 지나치고 기록하는 텅 빈 눈동자를 가진 자다. 눈동자는 나의 시간이 아닌 그들의 시간을 반사하여 과거와 미래의 구심점이 된다. 새 시집에서 에코는 "몇 겹의 메아리를 두르고 파문처럼 퍼져나가는"(「마지막 여관」) 공간적 동심원의 중심이다. 내가 쫓겨난 이 중심에서 스스로 태어난 "목소리는 나를 떠나 정처 없이 떠돌아다니고"(「겨울-나무로부터 봄-나무에로」), 쫓아가도 점점 멀어져가는 목소리는 영원히 확장되는 소리의 공간을 구축한다. 에코는 존재를 가지지 못한 하나의 장소이자 마주 놓인 거울, 세계는 여기서 방사되어 퍼져나가는 이미지의 파문으로 구축된다.

김행숙은 우리 세계의 진짜 모습을, 가짜에 가짜가 거듭 반사되는 이 아름다운 거짓말의 세계를 펼쳐놓았다. 그 중심에 에코의 얼굴이, "삶의 바닥이 얼마나 깊은지 깨닫고 커다란 충격에 휩싸이는"(「밤의 층계」) 우리가 있다. 이 세계는 너무나 아름답지만 세계의 중심점으로서의 내가 단지 거울에 지나지 않는다면 여기서 인간은 어떻게 가능한가. 인간의 말이 불가능하다면 그것은 인간 역시 불가능하다는 뜻이다. 인간은 나라고 말할 때 나인 존재, 너에게 말을 걸 때 비로소 태어나는 존재이기 때문이다. 더 이상 인간이 아닌 에코는 어떻게 이 세계에서 말하고 쓰는 자로 존재할 수 있는가. 에코의 말은 우리를 우리가 없는 세계로 이끌어 간다. 우리가 없는 세계란 죽음의 세계이니, 나의 귀를 울리고 돌아 나가는 이 말들은 나를 끊임없이 죽음으로 이끈다. 사이렌처럼.

그러나 어떤 불가능한 열망, 그럼에도 가능한 열망이 김행숙의 시를 이끌어 간다. "떠돌이의 심장에도 돌처럼 박혀서 죽을 때까지 제 피의 궤도를 벗어날 수 없"는 "어떤 한 문장"(「돌 속에 돌이 있고」)을 향한 열망. 김행숙의 새 시집이 제기하는 것은 에코의 말하기와 글쓰기가, 이 불가능한 글쓰기가 문학의 운명임을 발견하는 것이다. 끝없는 말들의 거울로서 '나'가 하나의 존재일 수 있는 이유를, 우리가 비록 얼굴을 잃었더라도 글을 쓰는 혹은 말을 하는 '인간'으로서 존재할 수 있는 이유를, 다시 말해 사람과 사람 사이의 진정한 말의 가능성을 탐구하는 것이다. 우리는 가짜가 아니라 진짜로서, 나의 존재 그 자체로서 타인의 존재로 이끌린다. 그녀의 진정한 말을 통해서.

어쩌면 없는 입으로 말하고 없는 귀로 들으려는, 그래서 "끝없이 긴 한 줄의 문장을 언제나 끝맺으려 하고 있었"(「우리를 위하여」)던 그녀. 두려움 속에서 혹은 광기 속에서 글쓰기를 계속하는 에코. 이 에코는 이제 '존재의 고정점'(「커피와 우산」)으로서의 살을 가진, 55킬로그램의 존재로 변신했다. 그것이 벌레인지 사람인지 알 수는 없지만 중력의 영향을 받는 존재로, 세계에 발을 디딘 존재로 말이다. 다정하게 말을 건네는 잔혹한 천사 같던 에코, 에코는 카프카의 침상에서 눈을 뜬 잠자가 되었다. 아니, 카프카가.

위험한 이야기, 문학이라는 글쓰기의 장

나는 입이 없어서 말을 갖지 못한 자이지만 이상하게도 우리 사이에 대화로 구축되는 이야기가 생겨난다. 카프카가, 잠자가, 아니 에코가 쓰는 이야기란 이러하다.

　"우리 집엔 굴뚝이 없는데……"

　그렇지만 당신 얼굴에는 그을음이 잔뜩 묻어 있고, 당신은 타다 남은 나무 같고, 당신한테서는 매캐한 냄새가 나. 굴뚝청소부에겐 유명한 이야기가 있지. 굴뚝을 청소하고 지상으로 내려온 한 천사의 얼굴은 까맸고 다른 천사의 얼굴은 여전히 희멀건했다지. 세수를 하러 우물가로 달려간 건 하얀 얼굴을 한 천사라는 이야기. 굴뚝청소를 열심히 했던 천사는 얼굴에 검은 미소를 띠고 또 굴뚝청소를 하러 떠났다는 이야기. 그렇게 하여 이 검은 천사는 우주의 흑점이 되었다는 이야기. 이 이야기는 일단 두 명이 서로의 얼굴을 마주 봐야 가능해. 그러니 우리도 이제 이야기를 좀 해보자고.

　　　　　　　　　　　　　　—「굴뚝청소부가 왔다」 부분

우리 집엔 굴뚝이 없는데 굴뚝청소부가 찾아왔다. 굴뚝청소부에겐 유명한 이야기가 있다. 굴뚝을 청소하러 내려온 천사들의 얼굴이 하나는 까맣고 하나는 하얗다는 것, "이 이야기는 일단 두 명이 서로의 얼굴을 마주봐야 가능해. 그러니 우리도 이제 이야기를 좀 해보자고". 그렇게 시작되는 이야기는 밀가루장수와 굴뚝청소부가 싸우고 악수를 하면 최종적으로 검은 손과 하얀 손의 주인은 누가 되는가로 이어지고 이 이야기는 또다시 어처구니없게도 두 사람이 사랑에 빠져서, "밀가루와 재로 쓴 사랑의 편지를 교환했다는 이야기"로 넘어간다. 이 이야기는 모두 나를 찾아온 굴뚝청소부와 나눈 것인데, 마지막에 가면 굴뚝청소부는 문밖에 있어서 아직 도착하지 않음이 밝혀진다. 그렇다면 나와 이야기를 나누는 "당신"은, 그을음이 묻은 얼굴을 가지고 매캐한 냄새를 풍기는 당신은 누구인가?

당신이 누구인가는 그렇게 중요하지 않다. 왜냐하면 말하고 있는 나 역시 누구인지 알 수가 없기 때문이다. 당신의 이야기는 나의 발화와 섞이고, 나의 발화는 또한 당신의 발화와 섞인다. 그러니 사실 이 모든 이야기는 "멈추지 마, 그건 당신이 당신에게 하는 말이잖아"(「굴뚝청소부가 왔다」)라고 말할 때 나의 발화와 당신의 발화는 이야기 속에서 뒤섞여 결코 서로의 말을 구별할 수 없는 지경에 빠진다. 그러나 이야기는 원래 그런 것이다. 전래하든, 어디서 들었든, 이야기는 모두 남의 말을 전달하는 것이다. 타자의 발화를 모방한다는 점에서 말을 하는 사람은 주인공의 가면을 쓰고 말한다. 그러니 모든 이야기의 발화자는 거짓말쟁이, 나의 입으로 다른 사람의 말을 하고 그의 흉내를 내는 가짜다.

그렇다면 당신과 나의 대화는 가능할까? 얼굴을 마주 대었지만 누가 검은 혹은 하얀 손의 주인인지, 혹은 누가 그 손의 주인인지 알 수 없는 상태에서는 얼굴을 마주 대어봐야 소용이 없다. 우리는 서로가 누구인지 알 수 없기 때문이다. 누가 말하는지를 모른다면, 어떤 말이 나의 말인지도 알 수 없다. 그렇다면 나는 어떻게 나라는 것을 알 수 있는가. 알 수 있는 유일한 표지는 다만 말하고 있다는 사실 그 자체일 뿐이다. 그러므로 우리는 깨닫게 된다. "이야기는 이야기와 섞이고, 이야기 속으로 깊이 들어가면 불이 붙고, 불이 태우는 것들을 가만히 보고 있으면 이제 끝까지 갈 수밖에 없다는 걸"(「굴뚝청소부가 왔다」) 말이다. 우리는 이야기 속에서 자신의 말을 끝없이 상실하는 자들, 그럼에도 불구하고 끝까지 말할 수밖에 없는 자들이기 때문이다.

그러므로 우리는 이야기 속에서만 존재한다. 정확히 말하면 말을 듣는 상대방이 말하는 내가 누구인지를 결정한다. 항아리를 빚는 제자에게 선생님이 묻는다. "말하라, 내가 누구냐? 내가 누군 줄 알아야 네가 누군지 알지 않겠느냐"(「덜 빚어진 항아리」). 제자는 이렇게 대답한다.

선생님이 항아리를 만들면 나는 항아리를 깨겠습니다. 어떤 항아리에는 술이 익어가고, 어떤 항아리에는 시체가 구겨져 있어요. 어떤 항아리에서는 뱀이 기어 나오고, 어떤 항아리 속에는 총 한 자루가 끈적이는 침묵에 빠져 있습니다. 우리는 언제나 망설이고 있었습니다. 항아리에 손을 넣는 것이 두렵습니다. 항아리에서 손을 빼는 것이 더 두렵습니다. 선생님의 손은 어디에 있습니까? 선생님은 선생님의 말을 이해 못 하고, 나는 나의 말을 이해 못 합니다. 어느덧 누가 누구의 말을 하는지, 누가 밖에 있고, 누가 안에 있는지 모르게 되었습니다.

그러나 너는 한 개의 항아리도 완성 못 하지 않았느냐. 한 번만 더 묻자. 너는 누구냐? 네가 누군 줄 안다면, 내가 누군지 알 수 있지 않겠느냐.

—「덜 빚어진 항아리」부분

항아리는 더 말할 것도 없이 문학이다. 브룩스의 『잘 빚어진 항아리』를 인유했다는 주석을 부러 참고할 것도 없이 말이다. 이 시의 선생님에게 항아리는 "밖으로 아름다움을 드러내고 안으로 비밀을 보존"하는 것, 이것은 전형적인 낭만주의적 관점이다. 그러나 나에게 항아리는 "안에 갇혀서 삼 일 밤낮을 울었"던 세계, "혼돈"이어서 술이, 시체가, 뱀이 그리고 총 한 자루까지 세상의 모든 것이 "끈적이는 침묵에 빠져 있"는 것이다. 그러니 항아리 빚기에 대한 대화는 사실 이루어질 수가 없다. 선생님에게 항아리는 하나의 만들어진 형식이자 물질이지만, 나에게 항아리는 나의 존재가 빠져드는 혹은 갇히는 두려운 세계 그 자체이기 때문이다. 이러할 때 문학은 단순히 말의 잘 빚어진 형식이 아니라, 글 쓰는 자의 존재를 건 위험한 행위가 된다.

나는 왜 항아리에 "손을 넣는 것"이 두려운가. 그것은 말로 이루어진 글쓰기의 세계에서 그 말의 주인이 될 수 없기 때문이다. 선생님의 말도, 나의 말도 이해하지 못하는 상태, "누가 누구의 말을 하는지, 누가 밖에 있고, 누가 안에 있는지 모르게 되었"기 때문이다. 글쓰기란 자기의 증명 행위다. 말하고 글을 쓰기 위해서는 그 말과 글을 통제하는 주인으로서 내가 존재해야 한다. 나는 언어에 의미를 담고 그 의미를 손상시키지 않은 채로 너에게 전달하고자 한다. 그러나 의미를 담을 수 있는 내가 없다면, 혹은 의미를 담았지만 언어가 나의 통제를 벗어나 제멋대로 움직인다면? 이러한 글쓰기에서는 언어의 주인으로서 나의 권위는 심각하게 훼손된다. 항아리를 빚는다는 것은 말의 주인이 된다는 것이다. 그러나 이 시에서처럼 말의 주인이 되지 못한다면 우리는 어떤 언어로 글을 쓸 수 있겠는가. 항아리를 빚으라고 요구하는 선생님은 다시 한번 되묻다. "너는 누구냐?"

그러나 문학의 언어란 본래 그러한 것이다. 말라르메가 말했듯 언어 자신을 드러내는 언어, 야콥슨이 말했듯 언어 자신을 전달하는 언어, 이 언어들이 존재하는 장소가 문학이다. 김행숙의 시에서 언어들이 일종의 존재로서 나타난다면, 그것은 이러한 의미에서다. 에코는 나 없이 태어나 스스로 퍼져나가는 말들, 언어 자신이라는 진리의 언어이기 때문이다. 이러한 언어로 글을 쓰는 자들은 위험에 처한다. 이 말들 속에서 그들 자신이 상실되며 결국에는 죽음에 이르기 때문이다.

그러나 이러한 죽음 속에서만, 나의 글쓰기는 가능하다. 선생님의 반복되는 질문은 너와 나의 대화적 관계 속에서만 정립 가능한 정체성을 상기한다. 내가 누구인지에 따라 네가 결정되고, 네가 누구인지에 따라 내가 결정된다면 나는 마치 지시 대상을 갖지 않은 언어처럼 그 관계에 따라 전환된다. 우리는 이러한 '나'를 일종의 전환사shifter 존재로 부를 수 있지 않을까? 나는 "네가 나를 찾아서 돌아다니는 장소"이자, 너의 의식에 따라서 "사람 모양"을 하기도 하고, "비 모양"(「의식의 흐름을 따르며」)을 하기도 하는 어떤 무엇. 오로지 너의 행동에 따라 결정되는 존재다. 글쓰기는 이러한 '나'가 존재할 수 있는 장이다. 비록 그 말의 주인이 되지 못하지만 상대의 말에 비추어 혹은 기대어 가까스로 그 말을 반사하는 자로서, 즉 거울로서 존재할 수 있기 때문이다.

그것이 내가 항아리에서 "손을 빼는 것이 더 두"려운 이유다. 글쓰기가 만들어내는 장이 없다면 나는 말의 흔적도 없이 사라지기 때문이다. 그러므로 우리는 이 위험한 진리를 인정해야 한다. 나는 다만 말의 교환 속에서만 존재한다는 것을, 내가 말을 전달하는 것이 아니라 말 위에 얹혀서 마치 여분의 짐처럼 전달된다는 것을. 그것이 진정한 말이자 너에게 전달하는 나 자신이라는 것을.

진정한 말하기, 변신의 글쓰기

그러나 말의 교환을 통해 전달되는 존재란 가능할까? 가능하다면 그 존재는 자기의 고유한 정체성을 가질 수 있을까? 우리는 여기서 또 다른 이야기, 카페에서 우산과 커피와 담배에 대해 말하는 누군가들을 만난다.

이런 비닐우산은 투명하고 가벼워 유령의 손에 쥐여주면 딱 좋을 것 같다. 유령도 비에 젖을 때가 있겠지. "우산은 커피 한 잔 값이면 살 수 있어. 그 돈으로 담배 한 갑을

살 수도 있지. 우산과 커피와 담배는 모두 비와 썩 잘 어
울린단 말이야."

"그렇다면, 길 건너 편의점에 이 커피를 들고 가서 우
산으로 바꿔 올 수 있는 사람, 있어? 우산을 물고, 빨고,
태워, 연기로 날려버릴 수 있는 사람, 여기, 누구, 있어?
그럴 수 없다면, 우산과 커피와 담배의 값이 같다는 게 무
슨 소용이람. 결국 우리는 하나밖에 선택할 수 없는 거
야." 하나를 가지기 위해 내가 포기한 것들을 말해줄까?
그것이 바로 이 세상이라네.

—「커피와 우산」 부분

이 시에는 이 시집에서 열어놓은 위험한 글쓰기의 장
이 일종의 존재-교환의 장이라는 점이 드러난다. 여기
서는 큰따옴표가 지시하는 누군가의 발화와 큰따옴표
가 없는 화자의 발화가 대화처럼 제시된다. 그러나 사
실은 대화가 아니다. 우산을 놓고 간 누군가에 대해 이
야기하는 익명,「커피와 담배」라는 영화에 대한 애호를
이야기하는 익명, 커피와 담배와 우산의 값에 대해 이
야기하는 익명, 이 모든 누군가의 말은 큰따옴표로 인
해서 화자의 말과 단절되기 때문이다. 이러한 단절은
대화 상대자들 사이에서도 일어난다. 대화가 성립되기
위해서는 서로가 말의 의미를 이해하고 그에 응답해야,

즉 의미의 소통이 일어나야만 한다. 그러나 여기서 소통되는 것은 다만 사물의 이름뿐이다. 우산과 커피와 담배가 자신에게 상기한 그 무엇만 독백처럼 늘어놓을 때, 여기서 소통되는 것은 의미가 아니라 이름, 다만 말이다. 의미 없는, 지시 대상 없는 말이 교환될 수 있을까? 여기서 드러나는 것은 사물들의 이름이 가지는 교환 가능성이다.

우산과 커피와 담배는 서로 같은 가격이지만 결코 동일한 가치로 등가 교환될 수 없다. 커피를 들고 가서 우산으로 바꿔 올 수는 없으니, "우산과 커피와 담배의 값이 같다는 게 무슨 소용이람"이라고 말할 때 말이다. 그것은 자본주의 편의점에서 물물교환을 허용하지 않기 때문이 아니다. 우산과 커피와 담배는 하나를 선택하는 순간 "이 세상"을 버려야 하는 것, 즉 세상과 등가 교환되는 것으로서 사실상 모든 것이기 때문이다. 사물들의 이름, 즉 말은 우리가 세상을 버려서 얻어야 하는 단 하나의 것이다. 그 하나를 위해서 세상을 버려야 한다면 그것은 우리의 유일무이한 존재성이 아닐까.

그러므로 모두가 독백을 하고 있는 것 같지만 대화는 일어난다. 다만 내용을 통해 소통하는 대화가 아니라 서로의 존재를 주고받는 대화로서 말이다. 첫 연에서 "우산을 두고" 간 "걔"는 마지막 연에서 "우산을 찾기 위해" 다시 돌아온다. 다만 우산 하나를 찾기 위해서 돌아오는 그는 우산이 자기 자신이라는 점을 아는 자, 그리고 자기 자신은 이 대화가 이루어지는 카페 속에서 찾아야 하는 점을 아는 자이다. 이 대화의 장 속에서 나의 존재성은 결코 교환될 수 없는 유일한 진리로서 여기에 나타난다. 그러나 그것은 또한 사물의 이름, 즉 말이다. 그러므로 잃어버린 존재는 이 이야기 속에서, 말-존재의 등가 교환의 장소 속에서 다시 발견될 수 있다. 이 존재-말을 교환하는 대화가 글쓰기의 장이라는 점에 주의하자. 말하자면 나를 잃어버리는 곳도 나를 찾는 곳도 모두 여기다. 그것은 아마도 55킬로그램의 무게로 존재하는 자가 "그늘 한 점 없이 사라지"기 전에 "써야 하는 것을 급박하게 쓰는"(「「변신」 후기」) 이유다.

카프카는 무의식을 잠에 쏟지 않고 글에다 쏟아부었기 때문에 늘 잠을 설쳤다. 글과 꿈이 뒤바뀌는 건 다반사. 그러므로 내가 카프카의 침상에서 깨어났을 때에도 그는 별로 놀라지 않았다. 그래, 어느 날 아침, 한국 노동자 金이 벌레가 되어 눈을 떴다고 가정해보자, 카프카는 중얼거렸다. 밀린 월세를 독촉하기 위해 찾아온 집주인이 우연히 이 광경을 목격했다. 쯧쯧, 카프카가 또 혼잣말을 하고 있군. 제3자의 관점에서 보자면 카프카는 카프카와 고요한 설전을 벌이고 있고, 이것은 나쁜 징조로 받아들여졌다. 잠을 못 자고, 수시로 혼잣말을 해대며, 사람이 벌레로 변하는 이야기를 쓰는 작자라면 미쳐가고 있단 뜻이지. 불쌍해라, 카프카, 그래도 집세는 내야지. 바로 그때 카프카의 침상에서 커다란 벌레 한 마리가 버둥거리다가 뒤집혔다. 나는 누워서 늘어난 다리 개수를 세어보며 킥킥거렸다. 가늘고 많은 다리들이 허공을 간지럼 태우고 있었다.

　　[……]

　간지럼은 혼자서 할 수 있는 일이 아니라고 했다. 그렇지만 나는 내가 아니고, 카프카는 카프카가 아닌 순간이 있다. 그 순간에 ㅋㅋㅋㅋ 계속 웃어야 한다면 우리는 드디어 참을 수 없는 고통에 빠지게 된다. 나는 나를 뒤집어야 한다. 허공을 향해 가늘고 많은 내 다리들이 웃고 있다. 아우성치고 있다. 이봐, 날 좀 도와줘. 카프카, 카프카, 지금 대체 뭘 보고 뭘 듣고 있는 거야. 쫓기는 사람처럼 카프카가 맹렬하게 글을 쓰기 시작한다.
　　　　　　　　　　　　　　　　──「카프카의 침상에서」 부분

「변신」은 왜 자전적인 소설인가. 그것은 글 쓰는 자로서의 카프카가 글과 꿈의 사이에서, 존재를 상실한 벌레로 변신하되 완전히 변신하지 못하고 인간의 흔적에 매여 끝없이 실패하고 있기 때문이다.

잠자에게 문제는 자기의 정확한 인식이 끝없이 연기된다는 것이다. 완벽하게 벌레로 탄생하지 못했고, 그러니 그는 여전히 인간으로 세계에 매여 있다. "변신의 결과, 여전히 그레고르 잠자의 영혼에 갇힌 채, 같은 집에서, 같은 사람들에게, 상처받고 상처받았다면 이것은 그레고르 잠자의 실패인가,/벌레의 굴욕인가"(「변신」)라고 물을 때 잠자는 다만 벌레로도, 인간으로도 존재할 수 없는 모호한 무엇이다. 다만 그가 할 수 있는 것은 벌레로 깨어났을 때 맞은편에 세워진 거울을 빤히 들여다보는 것, 그리고 그 거울이 보여주지 않는 것을 보는 것이다. "맞은편의 거울은 벌레를 보여주었다.//앗, 이것은 내 얼굴이잖아. 잘 알고 있지, 알다마다, 누가 뭐래도 이것은 내가 밤새 만든 얼굴인걸"(「그레고르 잠자의 휴일」). 잠자는 거울에서 인간인 자신의 얼굴과 벌레인 자신의 얼굴을 동시에 본다. 그것은 변신의 실패인가, 아니면 변신의 과정 자체가 그 자신인 것인가.

"글과 꿈이 뒤바뀌는 건 다반사"인 그의 글쓰기의 장소는 "한국 노동자 金이 벌레가 되어 눈을" 뜨는 침상이므로, 변신의 과정은 글쓰기 속에서 일어난다. "나는 완벽한 벌레의 꿈이다"에서 "어느 날 아침 나는 벌레로 깨어났다"에 이르는 과정(「변신」)은 말-존재가 교환되는 과정이자 글쓰기 자체인 것이다. 이 시에서 "커다란 벌레 한 마리로 버둥거리다가 뒤집"힌 나는 이제

"한국 노동자 金"도 아니고, 버둥거리는 벌레-나를 지켜보는 카프카도 아니지만 동시에 나는 역시 카프카이고 카프카는 나이다. "나는 내가 아니고, 카프카는 카프카가 아닌 순간"은 우리 둘 다 벌레인 순간이다. 나와 카프카는 이 변신의 과정을 겪고 있는 글 속의 꿈, 꿈속의 말이기 때문이다.

이 지점에서 시인 김행숙은 "55킬로그램의 뼈와 살과 피의 새로운 조합으로 탄생한 이 거대한 벌레"(「변신」)로 카프카의 소설 속에서 태어난다. 55킬로그램은 또한 카프카의 무게이므로, 잠자는 김행숙이자 카프카 자신이다. 이들은 존재의 전환을 이루는 글쓰기의 세계 속에 갇힌 자들, 그렇기 때문에 "맹렬하게 글을 쓰기 시작"하는 자들이다.

그러할 때 잠자는 변신의 과정을 가능케 하는 거울이다. 잠자는 거울 속의 이미지이면서 동시에 스스로 거울이 되는 자이며, 이 시집에 등장하는 수많은 형상 모두 그러하다. "소문자 k"이거나 노인이거나 아이이거나 언니이거나 혹은 요제피네인 수많은 형상은 모두 '잠자'다. 이들은 시인 김행숙이 자신의 시 속에 세워놓은 형상들인데, 이들은 서로를 반영하여 형성되는 변신의 과정에 있다. 거울에 반사되는 이미지로서 형상들은 다만 조금씩 비틀려서 복사된 이미지들이지만 그 형상들이야말로 진정한 교환의 결과다. 자신을 다른 형상에게 전달하고, 또 다른 형상을 전달받아 또 다른 형상으로 변신하는 과정 자체가 존재를 교환하는 것이기 때문이다. 맞은편의 거울에 얼굴을 비춰본 잠자처럼, 우리는 서로의 기원인 존재들이다. 이 거울의 장이 카프카의 글쓰기이자 시인 김행숙의 시 쓰기다. 그리고 우리는 모두 자기가 아닌 형상으로서 이 글쓰기의 장 속에서 함께-있다.

훔쳐 온 말을 돌려주는 시간, 밤의 함께-있음

시인의 시 쓰기가 아름다운 말들을 통해 고유한 내면을 표현한 "잘 빚어진 항아리"를 만드는 일이라면 그것은 틀린 것이다. 시체와 뱀이 교환되는 항아리 속 혼돈의 세계처럼, 카프카와 잠자가 교환되는 글쓰기의 장에서 카프카는 더 이상 글을 쓰는 자가 아니다. 그는 글을 씀으로써 하나의 세계를 만드는 자가 아니라, 그는 끝없이 변신하면서 자기 자신을 영원히 지워나가는 자다. 그렇다면 중요한 것은 이토록 위험한 글쓰기를 이 시인은 왜 계속하는가 하는 것이다. 이 시인에게 시 쓰기란 자기의 존재를 거는 모험이자 그 자신의 존재를 찾아가는 유일한 길이기 때문이다.

나에게는 말이 없으므로 내가 말을 하기 위해서는 말을 훔쳐 올 수밖에 없다. 그러나 그것은 나의 것이 아니므로 돌려주어야만 한다. 우리는 말의 교환 속에, 존재의 교환 속에서 자기를 찾을 수 있기 때문이다. 그러할 때 그는 "훔친 물건을 되돌려주기 위해 다음 날 밤을 기다리게 될 도둑"(「주어 없는 꿈」)이자, 심부름을 가는 k다. "전달책 k"(「무슨 심부름을 가는 길이니?」)의 심부름은 말을 전달하고 그럼으로써 자기를 전달하는 것, 이 시인이 존재를 거는 위험한 시 쓰기인 것이다.

그러나 이를 통해서 그의 시는 모든 글쓰기로서의 존재들의 말과 글을 하나의 입으로 모아 발화하는 장소, 모든 존재가 반사되는 "복도"가 된다. "오후 4시의 희망, 푸른 사과가 있는 국도, 혼자 가는 먼 집"이라는 이름을 가진 복도라는 글쓰기의 장을 "오랫동안 무거웠던 희망을 살해하고 나온 듯이 가벼워져서 그 복도를 산책"하는 그녀, 김행숙. 글쓰기 속에서 모든 이름 없는 자들은 "어느 생의 법정에서도 서로의 얼굴을 영원히 증언할 수 없을"(「그 복도」) 것이지만, 그렇게 사라지기 때문에 오히려 사라짐으로써 함께 있을 수 있다. 이러한 글쓰기의 시간은 도둑이 기다리는 '밤'의 시간, 사라졌다는 사실 그 자체로 다시 출현하는 또 다른 밤(블랑쇼)이 아닐까.

나의 언어가 사라진 지점에 혹은 나의 죽음 위에서만 출현하는 글쓰기란 "밤의 한가운데로 걸어가" "길을 잃어버린 아이의 필사적인 두리번거림 같은 것"(「밤의 한

가운데」)이어서 무섭고 두려운 경험이지만 그 두려움
속에서 우리는 비로소 함께 있을 수 있다. 두려움 속에
서 들려오는 에코의 목소리, "내 이야기를 듣고 싶다면,
밤을 견디세요"(「우리가 어딘가 닮았다면」). 우리는 그
의 말대로 밤을 견디고, 이야기를 듣는다. 그래도 이 위
험한 글쓰기의 장에 존재를 걸고 뛰어들 용기가 없는
우리를 위해 잠자가 된 김행숙은 여전히 우아한 에코의
언어로 이렇게 말한다. "양배추밭 사잇길로 어둠을 쏘
아보며 씩씩하게 걸어오세요"(「이별여행에 대해 아는 게
별로 없지만」). 진짜 세계 속에서 진정 함께 있기 위해
서. ▨